金庸武俠史記〈鹿鼎編〉

三版變遷全紀錄

書名：金庸武俠史記〈鹿鼎編〉三版變遷全紀錄
系列：心一堂　金庸學研究叢書　金庸版本的奇妙世界
作者：王怡仁
執行編輯：潘國森　陳劍聰
封面設計：陳劍聰

出版：心一堂有限公司
通訊地址：香港九龍旺角彌敦道610號荷李活商業中心十八樓05-06室
深港讀者服務中心：中國深圳市羅湖區立新路六號羅湖商業大廈負一層008室
電話號碼：(852) 67150840
網址：publish.sunyata.cc
電郵：sunyatabook@gmail.com
網店：http://book.sunyata.cc
淘宝店地址：https://shop210782774.taobao.com
微店地址：https://weidian.com/s/1212826297
臉書：https://www.facebook.com/sunyatabook
讀者論壇：http://bbs.sunyata.cc

版次：二零一九年一月初版

平裝
定價：港幣　九十八元正
新台幣　三百九十八元正
國際書號　978-988-8582-21-1

香港發行：香港聯合書刊物流有限公司
香港新界大埔汀麗路36號中華商務印刷大廈3樓
電話號碼：(852)2150-2100　傳真號碼：(852)2407-3062
電郵：info@suplogistics.com.hk

台灣發行：秀威資訊科技股份有限公司
地址：台灣台北市內湖區瑞光路七十六巷六十五號一樓
電話號碼：+886-2-2796-3638　傳真號碼：+886-2-2796-1377
網絡書店：www.bodbooks.com.tw
台灣國家書店讀者服務中心：
地址：台灣台北市中山區松江路二0九號1樓
電話號碼：+886-2-2518-0207
傳真號碼：+886-2-2518-0778
網址：www.govbooks.com.tw

中國大陸發行 零售：深圳心一堂文化傳播有限公司
地址：深圳市羅湖區立新路六號羅湖商業大廈負一層008室
電話號碼：(86)0755-82224934

心一堂微店二維碼

心一堂淘寶店二維碼

大俠們的江湖故事，從此塵埃落定

二〇〇六年新修版《鹿鼎記》上市後，金庸的第二次大改版全數竣工。金庸筆下俠士俠女的江湖故事，看似已拍板定案、塵埃落定，然而，在後來的報社採訪中，記者又報導：「《鹿鼎記》中七女共事一夫的結局，金庸覺得不符合人性，認為『不夠愛』韋小寶的阿珂、方怡、蘇荃，甚至是打打罵罵的建寧公主，都應該『跑了才對』。不過金庸搖搖頭說，『改下去沒完沒了』，現在他一心專注於歷史研究之中，『暫時』放她們一馬吧！」

這段話就像是伏筆，讓研究金庸版本的我充滿期待，總覺得金庸在有生之年，必然還有第三次大改版，而且第三次大改版一定會讓韋小寶的感情世界有翻天覆地的更動。

但就在二〇一八年十月三十日晚上，我得知了金庸溘然仙逝的消息。霎時之間，我的內心澎湃無已，既感傷大師離世而去，同時也確信，金庸筆下的江湖，已然塵埃落定，不會再有更新的版本了。

那天晚上，我撫觸著書架上一整套的金庸小說，心中百感交集。我總覺得，我這一代人幾乎都是在金庸的陪伴下長大的，以我而言，不論是學生時代暗無天地的升學考試歲月，或踏入職場後的許多枯索煩悶的時光，每當我打開金庸小說時，郭靖、黃蓉、楊過、小龍女、張無忌、趙敏……就會馬上陪在我身邊，我也會一頭栽進詭奇精彩的金庸武俠世界，忘卻一切煩憂。

一直到現在，每每在出差前，想到交通與旅館中的寂寞時光，想要帶一本書來消遣，即使已經閱讀過無數次，熟悉書中每個細節，我還是會再拿出一本金庸小說，塞進行李箱，成為我旅途中的良伴。

而在我投入金庸版本的研究後，更是對金庸的創作功力讚嘆無已。金庸小說歷經兩次大改版，有三種版本，小說中有多段情節，在三種版本中，各有不同的風貌。原本我還期待，在新修版出版後，意猶未盡的金庸，還會有第三次大改版，因為我相信金庸腦袋中的創意，絕對不會在新修版中悉數呈現，因此他或許還在醞釀下一次的改版修訂。然而，隨著金庸的仙去，我輩讀者們再也無福知道，金庸是否還有更多未展露的創意，也無緣再欣賞大師尚未道出的精彩。

大師仙去，身為讀者的我們，除了感傷，更有無限的感恩。雖說哲人已遠，大師仙逝，但金庸筆下的江湖仍將永遠存在，在江湖中也依然有著金庸的身影。我相信金庸已然成為永恆，我們緬懷大師，也將繼續沉醉於金庸的武俠世界中！

王怡仁

二零一八年十月三十一日

武俠出版社舊版（一版）《鹿鼎記》，這版《鹿鼎記》並無作者金庸正式授權的版本。

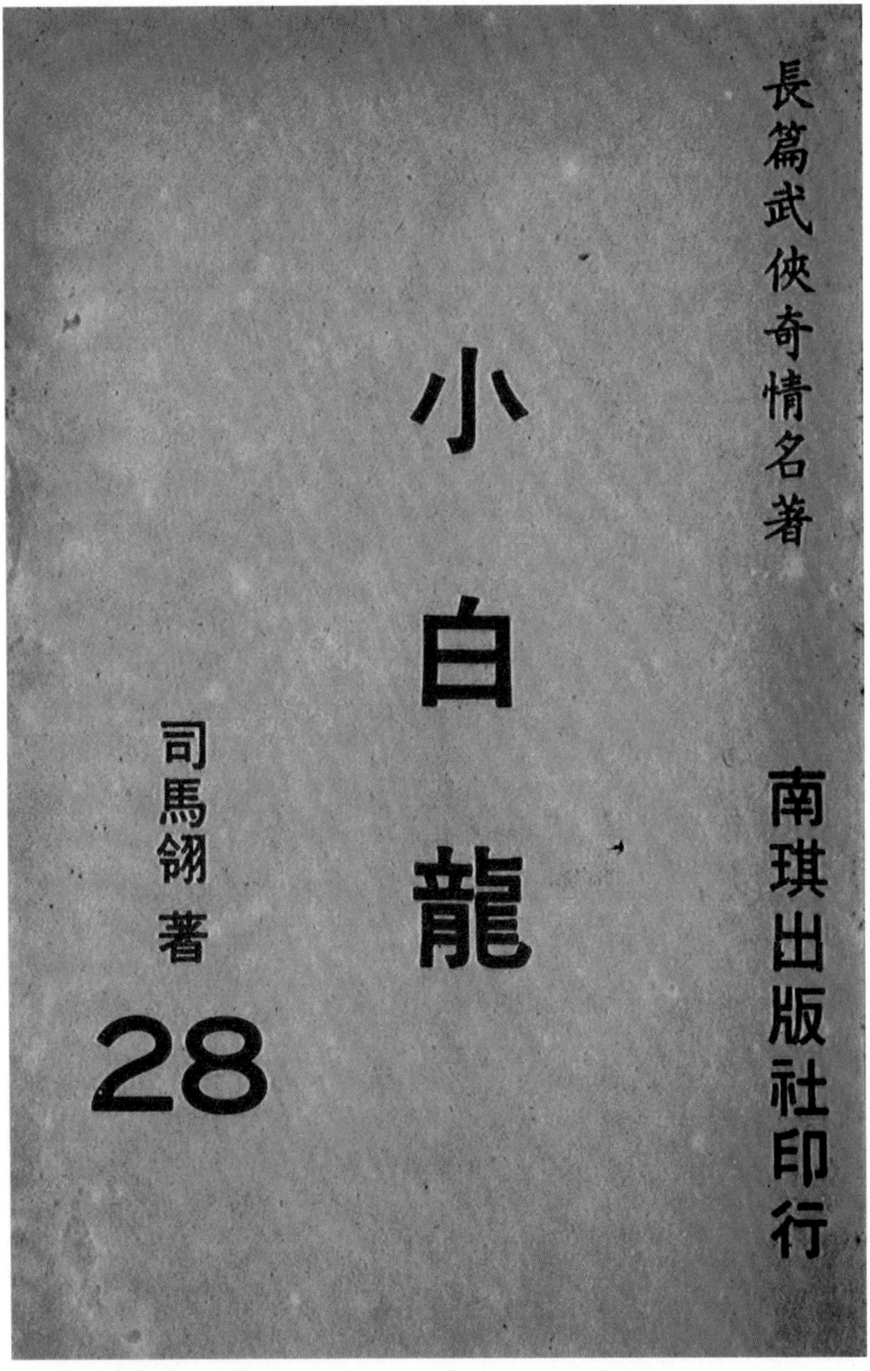

台灣南琪36開版（一版）《鹿鼎記》，全書分拆成上部《神武門》，下部《小白龍》，並將主角韋小寶易名為任大同，作者易名為司馬翎。

罵：「賊王八，你奶奶的雄，我×你老母……」罵到後來，全是廣東的市井粗口。原來這孩子是廣東人，在揚州妓院中住了幾年，原已學了不少揚州粗話，這時心中一急，衝口而出的却全是廣東話。廳上那鹽梟雖然聽不懂他的廣東話，却也知道決不是什麽好言語，想要衝進去抓來痛打一頓，却又不敢進房。

床上那人出刀甚慢，招數却是十分狠辣，突然間單刀一側，刷的一聲響，將那魁梧大漢的左膀整條卸了下來。那大漢驚天動地大聲一叫，搖搖欲倒，拼死命的勉力支持。那老者雙劍齊出，刺向那人胸口。那人轉動不靈，舉刀格開，便在此時，拍的一聲悶響，那大漢一鞭擊中他的右肩，單刀噹啷落地。那老者大喜，一聲吆喝，雙劍疾刺。那人眼前一黑，左掌翻出，喀喇喇幾聲響，那老者直飛出房，立時斃命。那大漢左膀離身，却仍是勇悍無比，舉起鋼鞭，慢慢向那人頭頂擊落。那人已然筋疲力盡，別說抵禦，運閃動一寸身子相避也是有所不能。那大漢的力氣也所餘無幾，吸一口氣，說什麽也要先將那人擊斃，自己方才倒下。

那孩子眼見危急，一衝而前抱住那大漢的雙腿，猛力向後拉扯。這大漢少說也有二百五六十斤重，那孩子瘦瘦小小，平時休想動他分毫，此刻他重傷之下，全仗一口氣支持，突然給那孩子一拉，一交摔倒，躺在血泊中動也不動了。床上那人喘了幾口氣，大聲笑道：「有種的進來打！」那孩子連連搖手，要他不可再向外人挑戰。當那老者飛出房外之時，撞得廂房門忽開忽合，此刻房門兀自來晃動，廳上燭光射進來了，照在那人滿

武俠出版社舊版（一版）《鹿鼎記》韋小寶是廣東人的原文。

：「不過這功夫十分難學，共有一千招，你若是記性好，每天學得十招，也須三個多月才能學全。」韋小寶道：「我用心學就是了。」海老公道：「你走過來。」韋小寶道：「是！」走近了幾步，離開海老公仍有數尺。海老公道：「你怕我吃了你嗎？」韋小寶笑道：「我的肉是酸的，不大好吃。」

　海老公左手揚起，突然拍出。韋小寶吃了一驚，向右一避，忽然背上拍拍兩聲，已被海老公打中，登時跪在地，動彈不得。他心下大駭：「這一下糟了，他……他要取我性命。」海老公道：「這是『大慈大悲千葉手』的第一手，叫做『南海禮佛』。你背上給打中的兩處穴道，一處是『天宗穴』，一處是『志堂穴』，可要記住了。」說着伸手在他背心兩處穴道上按了按。韋小寶心神略定，慢慢站起身來，心道：「原來老烏龜是教我功夫，可嚇得我魂靈出竅。」

　這一日海老公只教了三招，道：「第一天特別難些，以後你若是用心，便可慢慢的趕上去。」

　韋小寶第二天也不去賭錢了，自行到比武的小室中去等候康熙，知道桌上的糕點是爲皇帝而設，也就不敢再偷。等了大半個時辰，康熙竟不再來。韋小寶心道：「是了，他跟我比武沒味，不來玩了。」於是逕到御書房中，只見康熙伸足在踢一隻皮凳，踢了一腳又是一腳，神色氣惱，不住吆喝：「踢死你，踢死你！」韋小寶心想：「他是在練踢腿功夫麼？」不敢上前打擾，靜靜的垂手站在一旁。

一六五

武俠出版社舊版（一版）《鹿鼎記》韋小寶曾經用心學武的原文。

藏私，韋小寶所問的，只要自己知道，便都說給他聽。兩人的武功所學漸深，拆解時只是比擬手法，印證招術，不像從前摔角那麼扭頭扳頸，韋小寶自不須有何顧忌。數月之後，韋小寶已將「千葉手」的一千式招數學全，康熙的「八卦遊龍掌」更比他早了一個多月就已學會。兩人一動上手，成千種招式反覆運使，日日各有新穎變化，寶是興味無窮。

兩人都是第一等的聰明人物，所遇師父又是當世高人，學武只不過半年，相互切磋琢磨之下。進展迅速異常。

這幾個月中，康熙除了和韋小寶比武外，每日帶他到書房伴讀。皇宮中侍衛太監，都知尙膳監的小太監小桂子眼下是皇上跟前第一個紅人，大家見到他時，都不敢直呼「小桂子」，無不桂公公長，桂公公短的，叫得又恭敬又親熱。

韋小寶要討好海老公，每日出入御書房，總是想將那部「四十二章經」偷出給他，可是尋來尋去，始終不見。這幾個月中，海老公除了教他武功，每天教他認幾個字，這「章」「經」二字，很早就教了他。韋小寶在滿壁圖書中留神察看，不見有這部書，可也決不敢向康熙提及。

這日和康熙練過武後，只見他臉色鄭重，低聲道：「小桂子，咱們明天要辦一件大事，你早些到書房來等我。」韋小寶應道：「是。」他知道這個少年皇帝不愛多說話，他不說是什麼事，自己就不能多問。

次日一早，他便到御書房侍候。康熙低聲道：「我要你辦一件事，你有沒有胆子？」韋小寶道：「你叫我辦事，我還怕什麼？」康熙道：「

一六九

武俠出版社舊版（一版）《鹿鼎記》韋小寶與康熙學武進展迅速的原文。

太監向後跌了出去。他還不敢使力太過，生怕傷了衆小監，左腿輕輕一掃，又掃倒了兩名。餘下衆小監記着皇上「若是輸了，十二個人一齊斬首」的話，出盡了吃奶的力氣，牢牢抱住他腰腿。

韋小寶早已閃在他的身後，奮力一揮，打在他的「意舍穴」上。若是尋常武師中了這一拳，當即暈倒，但鰲拜天賦異禀，武藝高强，只感穴道上一陣酸麻，不由得大吃一驚，心想：「那裏來了這樣一個高手？」左臂倏地掃出，將三個小太監猛推出去，轉過身來，胸口一痛，又吃了韋小寶一指。他見偷襲自己之人竟是皇帝貼身的小太監，隱隱覺得有些不妙，但畢竟不信皇帝是要這些小孩兒來擒拿自己，左掌一伸，往韋小寶右肩按了下去。韋小寶沉肩側身，左掌右指，同時攻擊。

韋小寶使一招「覺後空空」，左掌在鰲拜面前晃了幾晃。鰲拜一低頭，砰的一聲，胸上已吃了一腿。韋小寶却「啊」的聲叫了出來，原來這一腿踢在他的胸口，便如踢中了一堵牆壁一般，自己脚上反是一陣劇痛。鰲拜見他連使殺着，又驚又怒，混鬥之際，也不及去想皇帝是何用意，只想推開衆小監的糾纏，先將韋小寶收拾了下來。可是衆小監抱腰的抱腰，拉腿的拉腿，摔脫了幾名，餘下的又撲將上來。康熙拍手笑道：「鰲少保，只怕你要輸了。」

鰲拜奮起一拳，正要往韋小寶頭頂打落，聽得康熙這麽說，心想：「原是跟我鬧着玩的，怎能跟小孩子們一般見識？」手臂一偏，勁力稍收，拍的一聲响，這一拳打在韋小寶右肩，只是使了三成力。但他力大無窮，當年戰陣之中，與明軍

一七三

武俠出版社舊版（一版）《鹿鼎記》鰲拜認為韋小寶是武林高手的原文。

心想：「師父也說過練功之後，小肚子中會有一團熱氣，怎地依照師父的圖形練，熱氣不出來，一照老烏龜的烏龜功練，馬上便有熱氣？」

瞧着海老公的遺書，將熱氣順着圖中人形身上紅綫盤旋遊走，只覺說不出的舒暢受用，有時熱氣無法走通，便以陳近南所傳的秘訣引導，立時便走通了。

韋小寶只練了九日，便已將海老公遺經上的第一圖練完，只是所用的方法，却是陳近南所授。每次照着圖中紅綫所示將紅綫在全身遊走一周，跟着便出一身臭汗，被褥上淋淋漓漓盡是汗水，却是說不出舒服受用，身子輕飄飄地，幾乎便欲飛起來一般，他還道上乘內功確須如此修習，其實却是無意之間，已將兩門截不相同的武功揉合在一起。本來這兩門武功都是極爲精微奧妙，初學之人必有明師指點，至不濟修練數年，一無所成，決無互相摻雜之理。但韋小寶一個假師父已死，一位真師父不在身邊，陳近南又沒想到他竟會不識冊子上的說明文字，陰差陽錯，居然會搞得亂七八糟，成爲武學中從所未有之奇。

要知海老公所遺的武功走的是陰柔怪異之途，一來上手甚易，二來合於韋小寶的天性，三來韋小寶多多少少跟海老公學過不少日子武功，雖然所學的錯多於對，畢竟是這一門路子，因此上一拍即合。

一個人讀書識字，始終不識，那也罷了。識得之後，若是要他盡數忘却，連個「一」字「二」字也不再認得，那幾乎是決不可能。有些人腦子受傷，舊事忘得乾乾淨淨，但識得的字却不會忘記，一樣的會讀書寫字。武學之道也是一般，

三〇九

武俠出版社舊版（一版）《鹿鼎記》韋小寶成為武學中從所未有之奇的原文。

姑姑，陶姑姑！」

陶宮娥微笑道：「你一個人行路，以後飲食可得小心些，若是跟那八隻手的老猿兒在一起，決不能上了這個當。」韋小寶道：「我昨晚給人下了蒙汗藥？」陶宮娥笑道：「差不多吧。」韋小寶想了想，道：「多半這茶有些古怪，喝上去有點酸，又有些甜甜的。」提起茶壺，還沒有揭開壺蓋來，就知不對，記得昨晚臨晚之時，茶壺中還有大半壺茶，此刻入手甚輕，壺中早已空了，側壺一倒，果然並無茶水流出，道：「這是黑店？」陶宮娥道：「這客店本來是白的，你住進來之後，就變黑了。」韋小寶還是頭痛欲裂，伸手按住額頭，道：「這個我可不懂了。」

陶宮娥道：「你住店後不久，就有人進來綁住了店主夫婦跟店小二，將這間白店改了黑店。一名賊人剝下店小二的衣服穿了，在茶壺裏撒了一把藥粉，送進來給你。我見你正在換衣服，想等你換好衣服之後，再出聲示警，不料你拿着一件內衣，呆呆出神，不知在想甚麽心思。等我過了一會再來看你，你早已倒了茶喝過了。幸虧這只是蒙汗藥，不是毒藥。」韋小寶給她說得滿臉通紅，昨晚自己拿着這件內衣之時，心中在想這件衣服本來穿在方怡身上，現下自己穿上，倒如是緊緊抱着方怡一般，當時情思盪漾，只怕臉上神色十分不堪。陶宮娥年紀雖老，畢竟是個沒有丈夫的宮女，隔窗見到我脫光了衣衫換內衣，自然不會多看。

陶宮娥道：「昨日我跟你分手，回到宮裏，只見內外平靜無事，並沒爲太后發喪。我自是十分奇怪，匆匆改裝之後，到慈寧宮外去察看，卻

五九七

武俠出版社舊版（一版）《鹿鼎記》韋小寶穿著方怡曾穿過內衣性幻想的原文。

目錄

迷人又好玩的金庸版本學（總序一）

打從中學時開始閱讀金庸小說，我就聽聞金庸小說還有修訂前的「舊版」，也非常渴望親睹「舊版」的廬山真面目，卻始終無緣得見。

就在二〇〇一年時，有位武俠小說藏書名家慨讓給我《射鵰》、《神鵰》、《倚天》與《天龍》等幾部一版金庸小說，從此激發出我蒐羅一版金庸小說的決心。在那一年中，只要有時間，我就走訪台灣的舊書肆與租書店，或是逛網路拍賣，慢慢地收集了近乎一整套的一版金庸小說。

二〇〇二年間，我在台灣金庸茶館發表了「台灣金庸小說版本考」一文，完整呈現台灣各式各樣一版金庸小說的版式與封面圖案，這也是我的第一篇金庸版本研究文章。

不過，比起版式與封面圖案，我更希望與金庸讀者們分享的，是不同版本的金庸小說，究竟有哪些差異，於是，在二〇〇六年遠流出版社出齊新三版金庸小說後，我一口氣將三種版本金庸小說讀完，並於二〇〇七年發表了「大俠的新袍舊衫——試論金庸小說的改版技巧」一文，粗略討論金庸小說三種版本的差異，此文獲得了金迷們的廣大迴響。

發表「大俠的新袍舊衫」一文後，我仍感覺意猶未盡，因為金庸改版的精彩之處實在太多，這篇文章實在無法包羅所有改版的妙趣，於是，從二〇〇七年八月起，我在遠流出版社官網「遠流博識網」架設了「金庸版本的奇妙世界」部落格。在這個部落格中，我以逐回逐字比對的方式，與金迷朋友們分享金庸小說的版本差異，並分析金庸的改版技巧。

這個部落格從二〇〇七年八月開張，直到二〇一〇年八月，我陸續完成了《射鵰》、《神鵰》、《倚天》、《天龍》、《笑傲》與《鹿鼎》六部金庸長篇小說的版本回較，部落格格友們始終熱情支持。二〇一〇年八月完成《鹿鼎》版本比較後，我就鮮少貼文，但一直到多年後的今天，這個部落格每天仍都有數百點閱率，可知喜好金庸版本學的同好著實不少。

二〇一三年在潘國森老師鼓勵下，我將「金庸版本的奇妙世界」的《射鵰》、《神鵰》版本回較文章整理後付梓，出版了《彩筆金庸改射鵰》、《金庸妙手改神鵰》兩書。出版後讀者的反應極好，但而後因瑣事繁忙，另幾部金庸小說的版本回較並未出版。

一眨眼過了四年，在二〇一七年時，潘老師向我提起出齊六部小說版本回較的計劃。幾經思慮後，我決定將部落格文章再一次細心整理修改，成為好看的金庸版本專著，於是，經過一段時日的重新整編、校定、改寫之後，《射鵰》、《神鵰》、《倚天》、《天龍》、《笑傲》與《鹿鼎》六部金庸長篇小說版本回較的「書本版」陸續完成，並將逐部出版。

我相信這套書一定會是好看又好讀的「金庸版本學」著作，也相信經過我的穿針引線，讀者們都將全面認識不同版本的金庸小說，也能品味金庸改版時所用的技巧，並體會金庸修訂著作時的用心。

於我而言，閱讀金庸小說真的是很快樂的事，然而，比之閱讀金庸小說，更深的快樂是投入金庸版本的比較，因此，即使這些版本回較文章已經完成，我依然喜歡一再品味同一段故事，不同版本的不同說法。徜徉在版本變革的妙趣中，常常讓我對金庸的巧思會心一笑。

經由改版修改作品的作家很多，但像金庸這樣，大刀闊斧修訂自己成名數十年經典名著的作家則是絕無僅有。我相信「金庸版本學」一定會成為金庸研究中的一門有趣學問，這門學問不只不枯燥，還迷人又好玩。

經由這套書《金庸武俠史記——三版變遷全紀錄》的出版，希望吸引更多朋友們都來閱讀不同版本的金庸小說，大家一起來「玩」金庸版本學，發現更多金庸改版時的巧思！

王怡仁

二零一八年五月

喜見金庸學考證派發揚光大（總序二）

金庸小說毫無疑問是二十世紀最偉大的中文小說，金庸也毫無疑問是二十世紀最偉大的中國文學作家，這裡沒有所謂「之一」而是「唯一」、「獨一」。而且二十世紀已經完滿落幕近二十年，這兩個「最偉大」可以作為定論。

金庸武俠小說自上世紀五十年代在香港面世不久已經甚受讀者重視，最早較具規模的論述始自八十年代初的「金學研究」。在此之前，倒不是未出現過有份量的評論文字，但是以數萬字長文刊行的單行本，則始由曾為金庸代筆的作家倪匡開先河。

後來因為金庸本人謙光，認為「金學研究」的提法不好，於是大家就改稱為「金庸小說研究」。這個叫法還是不夠全面，此所以我們決定用涵蓋面更廣的「金庸學研究」，為在二十一世紀重新推廣研究金庸其人及其小說這樣的學術活動給一個新的定義。

文學研究可以分為內部研究和外部研究。

內部研究以作品本身為主，作者本人為輕。在於金庸學當然以武俠小說為主，至於研究金庸寫武俠小說時的同期作品，如政論、劇本、雜文等都可以作為點綴。

外部研究則可以旁及作者的生平，他所處時空的歷史背景和社會面貌，以及他交遊的人物等等。雖然與作品本身未必有實質的因果關係，但是也不失為全面了解金庸武俠小說的助談資料。

金庸兩番增刪潤飾全套武俠小說作品的原意，其實可以概括為貪新厭舊四字。早在七十年代重刊修訂二版之前，金庸就靜悄悄地在香港市面上搜購所有流通在外的初版單行本，然後拿去銷毀。可是事與願違，金庸無法回收香港所有舊版，而海外讀者見到二版的改動之後，更把手上的舊版視如珍寶。

到了二十一世紀新三版面世時，金庸曾經公開聲稱原來風行多時的二版全面作廢！但是許多老讀者對新三版頗有微詞，後來金庸見群情洶湧，便改口說讓二版、三版並行，隨讀者喜好自便。不過，可以預期三版出而後二版不重印，在金庸的心目中，還是以三版為優。按照現時的情況，我們可以肯定不會再有第四版的金庸小說問世了。

著名學者、教育家吳宏一教授總結過去數十年讀者對金庸小說的討論，將眾多研究者粗略分為「點評派」、「詳析派」和「考證派」三大流派。①並分別以倪匡、陳墨和潘國森等人，作為三

① 「隨着金庸小說研討會在港台、美國以及中國南北各地的陸續召開，讀者的熱情仍然不減，討論的風氣似乎更盛。從早期倪匡的點評，中期陳墨的詳析，到最近潘國森等人的考證，在在顯示出金庸小說的魅力。金庸的武俠小說，真的如世所稱，已成一種中國文化的特殊現象。」見吳宏一，〈金庸印象記〉，《明月》（《明報月刊》附刊），二零一五年一月號，頁42-47。

派的代表人物。

從字面理解，點評派的特色是見點而隨緣說法。代表人物倪匡打從金庸小說初刊就亦步亦趨，據說他是金庸四大好友之一，並且曾經代筆《天龍八部》連載數萬字。因為倪匡非常接近金庸本人，所以同時是金庸學外部研究的一部活字典。

詳析派則是將一部小說從頭到尾細加分析討論，代表人物陳墨也是截止今天，刊行金庸小說評論專注最多的論者。

至於考證派，可以說是比較貼近傳統中國文哲研究的舊規矩、老辦法。研究《紅樓夢》的紅學，當中亦有考證一派。因為金庸不願意與紅學爭勝，所以我們今天也沒有金學而只有金庸學。

我們金庸學考證派，較多用上中國文史哲研究的利器——「普查法」。潘國森在上世紀八十年代就是先從查找《金庸作品集》（二版）所有個人能夠看得見的錯誤入手，不過那是一個小讀者希望心愛的小說免除所有可以避免的小瑕疵，而不是打算要拿小說的疏漏去江湖上四處炫耀。

吳教授說「潘國森等人的考證」，這「等人」二字落得真是精確。我們或可以說倪匡的點評派和陳墨的詳析派都要後繼無人。

金庸學考證派，至少還有專注金庸版本學研究的王怡仁大夫和開展金庸商管學（Jingyong

Business Administration, JBA）的歐懷琳等人在二十一世紀之後加入研究的行列。

王大夫既屬考證派，亦帶有詳析派的研究心法。他既用普查法同時地氈式的搜索遍了三版小說；也有跨部排比，即是將不止一部小說串連在一起評論。現在王大夫只願意整理修訂金庸武俠六大部超過百萬字的回較，即《射鵰英雄傳》（約九萬字）、《神鵰俠侶》（約十七萬字）、《倚天屠龍記》（約二十萬字）、《天龍八部》（約三十三萬字）、《笑傲江湖》（約二十二萬字）和《鹿鼎記》（約四萬餘字）。餘下八部中短篇（《書劍恩仇錄》、《碧血劍》、《雪山飛狐》、《飛狐外傳》、《鴛鴦刀》、《白馬嘯西風》和《俠客行》）和不重要的《越女劍》的回較就不打算再最後定稿和發表了。這樣就為考證派的後來者，留下了可持續發展的空間。其實金庸小說其他領域需要好好考證的地方還多著呢！

這鉅細無遺的六大部三版回較《金庸武俠史記——三版變遷全紀錄》，等同於其他學術領域入面最扎實的基礎研究，為金庸學更細緻的進階考證準備好最詳盡的三版演變紀錄。筆者認為是今後所有立志於金庸學研究的後來者必備的參考工具書，那怕是學院入面嚴肅的博士論文、碩士論文，還是一般讀者輕輕鬆鬆的看書消閒，都宜以小說原著與王怡仁回較並讀。

願金庸學考證派從此發揚光大！

是為序。

潘國森

序於香港心一堂

二零一八年戊戌歲仲夏

韋小寶的老婆差點跑了

《鹿鼎記》可說是一部「顛覆武俠小說的武俠小說」，在許多武俠小說讀者的認知裡，所謂的「大俠」，理當是像郭靖、楊過、張無忌、蕭峰、或令狐冲這般，武功與俠心兼具。然而，《鹿鼎記》的男主角韋小寶，論武功，他似乎只有用來「溜之大吉」的「神行百變」，勉強可算學得到家，而若論「俠心」，如果依郭靖所說，真正的大俠必有「為國為民」的「俠心」，韋小寶既不為國，也不為民，他的所行所為，幾乎都不是出自「俠心」，而是為了朋友間的義氣。不過，在全朋友之義時，韋小寶三番兩次阻止了反清武人暗殺康熙皇帝，因而一再保全了這位福國利民的好皇帝，他竟因此也間接成為了「為國為民」的大俠。

在金庸的六部長篇小說中，《鹿鼎記》是版本變革是最少的一部，由此可知，金庸從起始創作這本小說時，創作方向就極為明確。在我鑽研《射鵰》、《神鵰》、《倚天》、《天龍》及《笑傲》的版本變革之後，閱讀二版《鹿鼎》的許多段落時，我都揣測是一版改寫為二版時，才修改成與後面的情節相呼應，但再看一版，原來從報紙連載時期，就已經是那麼寫了，我也因此讚嘆無已。可知《鹿鼎記》從連載時期，就已經是一氣呵成，結構緊密的文學經典。

也就因為《鹿鼎記》的版本變革太小，進行《鹿鼎記》的版本回較時，我只針對版本變化稍大的八回寫出分析文章，其他四十二回則只條列出稍有變動之處。

《鹿鼎記》的版本變革較明顯之處，是從一版改寫成二版時，韋小寶的武功被「廢」了，關於這處改變，金庸在〈韋小寶這小傢伙〉一文中，曾說：「在最初寫作（《鹿鼎記》）的幾個月中，甚至韋小寶是什麼性格也沒有定型，他是慢慢、慢慢地自己成長的。」從一版《鹿鼎記》前幾回來看，金庸原本應有意要將韋小寶塑造成類似令狐冲、張無忌般的大俠，因此才會讓他學兼少林派與武當派之長，並融陳近南與海大富的武功於一身，成為「武學中從所未有之奇」。

但後來金庸筆路一轉，又決定將韋小寶創造成沒有武功，單憑機謀就能遊走江湖的福星，因此一版在第九回說韋小寶成為「武學中從所未有之奇」之後，就不再提及韋小寶身負絕世武功之事。修訂為二版後，也就將韋小寶學得高明武功的段落全刪改了，這麼一來，一版「武學中從所未有之奇」的韋小寶，二版即成了不會武功的小滑頭。

二版改寫為新三版，變動也極少，在新三版《鹿鼎記》後記中，金庸談到他「曾鄭重考慮大改《鹿鼎記》，但最後決定不改。」那麼，金庸曾考慮過怎麼大改《鹿鼎記》呢？在二〇〇六年〈七年改版十五部　金庸說：減肥成功〉這篇報導中，述及：「《鹿鼎記》中七女共事一夫的結局，金庸覺得不符合人性，認為『不夠愛』韋小寶的阿珂、方怡、蘇荃，甚至是打打罵罵的建寧公主，都應該『跑了才對』。不過金庸搖搖頭說，『改下去沒完沒了』，現在他一心專注於歷史研究之中，『暫時』放她們一馬吧！」

可知若還有更新的「第四版」金庸小說，韋小寶的七個老婆可能會跑掉四個，只留下雙兒、沐劍屏與曾柔，但既然新三版無此更動，咱們就繼續與韋小寶共享「七美齊歸」之樂。

雖然《鹿鼎記》版本變動不大，但在每一處修改中，仍可見到金庸力求其作品「經典化」的用心，因此，就讓我們一起來品味《鹿鼎記》的版本變革，看看三個版本的《鹿鼎記》究竟差別在哪裡？

凡例

一、關於金庸小說的版本定義

一版：最初的報紙連載及結集的版本。

香港：三育版及鄺拾記版等授權版本，以及光榮版、宇光版等多種未授權版本。

台灣：時時版、吉明版、南琪版等多種版本，均為未授權版本。

二版：一九八〇年代十年修訂成書的版本。

中國：三聯版

香港：明河版

臺灣：遠景白皮版，遠流黃皮版、遠流花皮版

新三版：即一九九九至二〇〇六年的七年跨世紀新修版本。

中國：廣州花城版

香港：明河版

臺灣：遠流新修金皮版

二、一版，讀者通稱「舊版」。二版，讀者通稱「新版」。新三版，讀者通稱「新修版」。

三、本系列的回目，是以二版的劃分法為準，一版內容以對應二版分回作比較，一版回目則從略。

「中華民國」出現在《鹿鼎記》中——《鹿鼎記》第一回版本回較

金庸在《明報》上創作時，據形容是「左手寫社評，右手寫小說」，亦有人說他是「白天寫社論，晚上作小說」，或者也可以說，「金庸有兩支筆，一支是為《明報》寫社論，一支是寫武俠小說。」

金庸寫武俠小說時，始終謹守分寸，不碰到「社論」這塊領域。那麼，金庸難道完全不曾在小說中寫起「社評」嗎？一版《鹿鼎》中就曾出現這麼一段，金庸竟然在寫「清朝」的《鹿鼎》中，小批了當代的「文字獄」一回，且來看這段故事。

就由「明史案」文字獄說起。

說起《明書輯略》中，當用「大金天命元年」，卻書「明朝萬曆四十四年」等事。一版說，須知換朝改代之際，當政者於這年號正朔，最是著意。今日大陸之上，若是有人著書作文，不經意寫上「中華民國某年」字樣，勢必身遭橫禍，縱然是敘述民國年間歷史，亦所不許，反而於述及清史時寫上「清順治某年，康熙某年」，反而無礙。

一版這段當真是破天荒，金庸小說正文中，竟然出現了「中華民國」。而這寫法當然容易引得讀者只是在冷眼旁觀故事，而非融入故事的時代中，於小說創作而言，自是不妥的。

二版刪為只說換朝改代之際，當政者於這年號正朔，最是著意。經過這一改，「中華民國」也就不見了。

故事再說到查伊璜與吳六奇結交之事。

查伊璜稱吳六奇為「海內奇男子」，一版吳六奇道：「『海內奇男子』五字，愧不敢當。只要查先生肯認我是朋友，姓吳的便已快活不盡。」

二版將吳六奇的話增為：「『海內奇男子』，在下愧不敢當，只要查先生認我是個朋友，姓吳的已快活不已了。我們天地會總舵主陳永華陳先生，又有一個名字叫作陳近南，那才著實響噹噹的英雄好漢，江湖上說起來無人不敬，有兩句話說的好：『平生不識陳近南，就稱英雄也枉然。』在下尚未見過陳總舵主之面，算不了什麼人物。」

就像一版《射鵰》改寫為二版時，於第一回補寫黃藥師之事，一版《天龍》改寫為二版時，於前三回補寫逍遙派之事，一版《鹿鼎》改寫為二版的重點，就是將一版前數回中極少提起的「天地會」及「陳近南」大為加料，以增加其重要性。

而後，吳六奇對查伊璜談起天地會。一版說，吳六奇說道，天地會正在與雲南吳三桂聯絡，以便雲南、廣東，同時並起，先行席捲西南，再謀北伐。

一版首回的天地會竟是要與吳三桂聯手北伐的，可見金庸創作至此時，對吳三桂尚無惡意，這與第二回之後的創作方向明顯衝突。

二版改為吳六奇說道：天地會的勢力已逐步擴展到北方諸省，各個大省之中都已開了香堂。故事再接到第一回回末陳近南於舟中保護顧炎武等人之事。

話說陳近南聞瓜管帶等人要將顧炎武三人解至北京領賞。一版「瓜管帶」名為「瓜佳」，二版刪去其名，只稱其為「瓜管帶」。陳近南於船艙中鬥瓜管帶等人，最後，瓜管帶跳船竄出，飛過柳樹。

一版接著說，陳永華追趕瓜佳不及，那老梢公竟將他撐船用的竹篙射向瓜佳，插入他的後心，將他釘在地下。

一版這老梢公自也是一代高人，但因這人後來沒發展，二版遂改為陳近南提起竹篙，射向瓜管帶，插入他的後心，將他釘在地下。

二版將老梢公與陳近南合為陳近南，這就像一版《射鵰》穆念慈與秦南琴，二版合為穆念慈，或一版《笑傲》任無疆與平一指，二版合為平一指一般。

殺了瓜管帶後，一版陳永華對顧炎武等人笑道：「賤名適才承蒙先生齒及，在下姓陳，名永華。」

二版將「陳永華」劃歸歷史，「陳近南」則屬於江湖，因此二版將一版提到「陳永華」與「陳近南」之處，一律統稱為「陳近南」，這段陳永華的自稱，二版也改為：「賤名適才承蒙黃先生齒及，在下姓陳，草字近南。」

在一版初寫此書時，金庸或許還沒決定將天地會設定成《鹿鼎》的重要幫派，但隨著故事展開，天地會越來越重要，因此，一版改寫為二版時，金庸便從第一回開始加料，增加陳近南與天地會的相關情節，以讓讀者感受到天地會於此書的重要性。

【王二指閒話】

在一版《射鵰》的正文中，金庸引述《元史．丘處機傳》中云：「太祖（即成吉思汗）時方西征，日事攻戰。處機每言：欲一天下者，必在乎不嗜殺人。及問為治之方，則對以敬天愛民為本，問長生久視之道，則告以清心寡欲為要。太祖深契其言，曰：天錫仙翁，以悟朕志，命左右書之，且以訓諸子焉。於是錫之虎符，副以璽書，不斥其名，惟曰神仙。」

這段引述在二版刪掉了。因為在白話小說中，忽然插進一段文言文史籍，容易造成讀者的閱讀中斷。此外，小說是想像的作品，史書則整理自史料。小說可以自史書演繹而生，但若拿史書原文來證明小說所述為真，並不會為小說起到加分的效果，頂多也只能證明作者「僅守寫作分寸」罷了。

或許就是因為這樣的考慮，金庸在將一版小說改寫為二版時，一版大掉書袋之處盡量都刪去了。

《鹿鼎》是金庸十五部小說的最後一部，也是金庸寫作技巧達到爐火純青的作品，然而，金庸在《鹿鼎》中，卻又大玩起並不適合在武俠小說中使用的「引用古書」技巧，此即這一回中所引《觚賸》一書中的〈雪遘〉所記：「浙江海寧查孝廉，字伊璜，才華豐豔，而風情瀟洒，常謂滿眼悠悠，不堪愁對，海內奇傑，非從塵埃中物色，未可得也。」而後，在述及大力將軍吳六奇力保查伊璜之事時，又引《聊齋誌異》中，引述〈大力將軍〉一則，謂：「後查以修史一案，株連被收，卒得免，皆將軍力也。」續引《觚賸》之言：「私史禍發，凡有事於是書者，論置極典。吳力為孝廉奏辯得免。」

金庸之所以大違他寫作常例地引古書為小說之用，即因這段內容所述的「查伊璜」乃是他查家先人，金庸（查良鏞）將先人故事寫入小說，更需講求「事事有所本」，也就是說，「查伊璜」之事，絕非出自小說家「查良鏞」的胡捏瞎造，因此而要大掉書袋。

說來金庸以《鹿鼎》一書「彰宗顯祖」的意圖是非常明顯的，除了首回大談與全書並無重要關係的「查伊璜」之事外，一版《鹿鼎》改寫為二版時，金庸還在第一回增寫的「注」中，暢談查家先人「查嗣庭」於雍正年間因「維民所止」四字引發的文字獄。

此外，金庸更在一版修訂為二版時，將《鹿鼎》的回目悉數改為「查慎行」詩中的對句，且為了讓小說內容符合回目中的查慎行詩句，金庸甚至還修改小說情節，以求與查慎行的詩句相配。

從彰顯「查伊璜」、「查嗣庭」到「查慎行」，金庸所有的努力，總歸一句話，就是要「光耀祖宗」，小說家「查良鏞」在有了廣大的閱讀群後，不忘以「孝敬之心」，顯揚查家的先人。

金庸在《書劍》「後記」中曾提起創作《書劍》乃源於「我是浙江海寧人。乾隆皇帝的傳說，從小就在故鄉聽到了的。小時候做童子軍，曾在海寧乾隆皇帝所造的石塘邊露營，半夜裡瞧著滾滾怒潮洶湧而來。因此第一部小說寫了我印象最深刻的故事，那是很自然的。」可知金庸創作《書劍》是以「印象最深刻的故事」為本，而非特意要彰顯「浙江海寧」一地。

及至創作《鹿鼎》時，金庸已是大名鼎鼎的作家，他在小說中夾帶查家故人舊事，便是一種「刻意」。至於「刻意」何來？那也就是如《孝經》所說：「立身行道，揚名於後世以顯父母，孝之終也。」即彰顯祖宗的一番孝心了。

第一回還有一些修改：

一．吳之榮在《明書輯略》中發現莊允城夾的金葉，一版說十張金葉便有五兩黃金，五兩黃金抵得五百兩銀子。二版將「五百兩銀子」減為「四百兩銀子」。新三版再將「四百兩銀子」減半為「二百兩銀子」。

二．黃宗羲要呂留良避避「明史案」的風頭，一版呂留良氣憤憤的道：「在韃子治下過這種豬狗不如的日子，其實是生不如死。韃子皇帝若是將我捉到北京，拼著千刀萬剮，好歹要痛罵他一場，也出了胸中這口惡氣才死。」二版刪去呂留良話中的「在韃子治下過這種豬狗不如的日子，其實是生不如死。」以免讀者誤以為康熙時代人民的日子苦不堪言。

三・說起「明史案」，一版說至於江南名士，因莊廷鑨慕其大名，在書中列名參校者，同日淩遲處死，計有計有茅元錫（其時在陝西朝邑縣做知縣）等十四人，其中吳之銘，吳之鎔二人，還是吳之榮的兄弟。二版刪為只說至於江南名士，因莊廷瓏慕其大名，在書中列名參校者，同日凌遲處死，計有茅元錫等十四人。二版將吳之銘與吳之鎔刪了。

四・一版黑衣漢子稱其夥伴為「眾位侍衛」，二版改稱「眾位兄弟」。一版說這些人是「皇室的侍衛」，但皇室侍衛怎會擅離職守前來清查反賊？二版因此改為是「前鋒營皇帝的親兵」。

韋小寶原來竟是廣東人——《鹿鼎記》第二回版本回較

《鹿鼎》此回一版到二版改版的重點有二，一是將一版前二回提到不多的「天地會」，大幅增寫進書中，二是將一版惡霸般的沐王府四大家將，改得氣度更恢宏，且來看這段大修改。

就從鹽梟上鳴玉坊鬧事說起。

在麗春院中，一版一名五十幾歲的鹽梟大聲喝叫妓院所有的人都滾出來，廂房中則有個聲音（即茅十八）回道，誰在大呼小叫，打擾他尋快活？

一版這段鹽梟鬧事，顯然只是流氓間的惡鬥，二版則將鹽梟間的鬧事扯上天地會。二版這段改為：一名五十餘歲的鹽梟至麗春院尋找天地會的賈老六，因賈老六說揚州販私鹽的人沒種，不敢殺官造反，就只會走私販鹽。

東邊廂房忽有個粗豪的聲音（即茅十八）說是誰在大呼小叫，打擾他尋快活？

二版這麼一改，「天地會」即自第一回陳近南救顧炎武事件後，因賈老六而再度出現在書中。

鹽梟身屬青幫，一版鹽梟前來麗春院，是要追拿青幫叛徒，二版則改為鹽梟前來麗春院，是因為天地會的賈老六辱罵青幫，青幫兄弟要找賈老六算帳。

而後，鹽梟與茅十八言語齟齬，鹽梟進入茅十八廂房，兩方即開打了起來。韋小寶因另一名鹽梟打了韋春花一耳光，怒而抓了鹽梟陰囊，隨後逃進茅十八廂房中。

在茅十八廂房中，一版說韋小寶隔著廂房門大罵：「賊王八，你奶奶的雄，我X你老母……」罵到後來，全是廣東的市井粗口。原來韋小寶是廣東人，在揚州妓院中住了幾年，原已學了不少揚州粗話，這時心中一急，沖口而出的卻全是廣東話。廳上那鹽梟雖然聽不懂他的廣東話，卻也知道決不是什麼好言語，想要衝進去抓來痛打一頓，卻又不敢進房。

可知一版韋小寶是「廣東人」，這是繼《碧血》袁承志之後，金庸筆下再一個「廣東大俠」。

二版改為韋小寶隔著廂房們大罵：「賊王八，你奶奶的雄，我操你十八代祖宗的臭鹽皮……你私鹽販子家裡鹽多，奶奶，老娘，老婆死了，都用鹽醃了起來，拿到街上當母豬肉賣，一文錢三斤，可沒人賣這臭鹹肉……」廳上那鹽梟聽他罵得惡毒陰損，心下大怒，想衝進房去抓來幾拳打死，卻又不敢進房。

二版刪去了韋小寶是「廣東人」之說，韋小寶也就成了道地的「揚州人」。

而後，茅十八成功解決了進廂房的四名鹽梟。一版接著說，茅十八對韋小寶道：「你拾起地下的短劍。在那三個死人身上都戳幾劍，若是死人又活了轉來，那可不大對頭。」韋小寶有些害怕，茅十八笑他是膽小鬼，但韋小寶生性極是倔強，給茅十八一激，豪氣頓生，提起短劍，分別在兩名瘦子的屍身戳了幾下，又刺死了另一個受傷的大漢。茅十八問韋小寶怕不怕，韋小寶說：「我……我不怕！」可是聲音顫抖，顯然十分害怕，茅十八道：「第一次殺人，總不免有些害怕，多殺得幾次，慢慢就不怕了。」

二版將這整段刪去了，二版韋小寶第一次殺人，殺的是黑龍鞭史松。

因茅十八身受重傷，眾鹽梟散去後。韋小寶扶茅十八出麗春院，一版韋春花叫道：「阿寶，阿寶，你到那裏去？」

「阿寶」是香港人或廣東人口吻，一版韋小寶是廣東人，二版則將韋小寶改為揚州人，因此韋春花叫韋小寶，也由「阿寶」改為「小寶」。

而後，韋小寶同茅十八到得勝山赴約。

韋小寶向茅十八說起揚州城懸賞茅十八之事時，一版說韋小寶心中閃電般轉過一個念頭：「我若得了這三千兩賞銀子，就可替媽贖身，不用再趴在麗春院裏。」

二版刪了韋小寶這想法，二版韋小寶並未想及要為母親贖身。

而後，吳大鵬與王潭來到得勝山赴約，在茅十八與吳王二人比鬥時，以「黑龍鞭」史松為首的十餘名官兵亦前來得勝山。

一版說史松奉了鰲拜之命，要生擒茅十八。但茅十八理當沒這麼重要，鰲拜只怕根本沒聽過茅十八。二版因此改為史松要將茅十八生擒，是要逼問天地會的訊息。

而後，韋小寶向史松灑生石灰，並以一把單刀殺了史松。史松死後，餘下的軍官們奔逃而去，茅十八與吳大鵬王潭亦罷鬥言好，兩造就此分離。

三人道別時，一版說吳大鵬是河北大豪，家財富厚，這次迫於江湖道義，相助茅十八而與官府為敵，實已惹了傾家之禍。二版則改為吳大鵬與王潭都身屬天地會洪化堂。

二版的改寫自是要為「天地會」增添伏筆。

而後，茅十八說要上北京尋鰲拜比武，韋小寶則決定隨他上京。

韋小寶逞強騎馬，結果因上馬姿勢錯誤，成了「倒騎馬」，馬在官道上直奔了三里有餘。

一版說迎面一輛驢車緩緩行來，驢車之後跟著一匹白馬，馬上騎著個十六七歲的少年。二版則將「十六七歲的少年」改為「二十七八的漢子」。此人出手，將韋小寶的馬扣住，方解了韋小寶之危。

一版接著說，車中一個嬌嫩的女子聲音說道：「清弟，甚麼事？」那少年道：「一匹馬溜了韁，馬上有個小孩，也不知是死是活。」

一版的「清弟」應是車中女子的弟弟，但這對方家姊弟後來並無下文，二版改為車中一個女子聲音問道：「白大哥，什麼事？」那漢子道：「一匹馬溜了韁，馬上有個小孩，也不知是死是活。」二版這位「白大哥」即是白寒松。

接著，茅十八縱馬過來，一版說茅十八見那驢車的青布簾頭插著一面鑲著藍邊的小白旗，旗上繡著一個小小時紅色「方」字，又聽韋小寶口中大罵那少年「這臭小子不知好歹。」茅十八當下取出馬鞭，向韋小寶抽了十二三邊，抽得韋小寶臉上、頸上、手上都是血痕斑斑的鞭印。車中那女子見狀，說：「這位是滄州茅爺吧？不用打啦！」而後一車一馬即逕自離去。

韋小寶問茅十八為甚麼打他，茅十八一身冷汗的說：「你一條小命，已從鬼門關裏轉了幾轉。我這幾鞭下手若是稍為容情，你我二人那裏還有命在？」他說韋小寶膽敢出言辱罵雲南沐府的人物，真是活得不耐煩了，又說：「你胡說八道，罵了那穿青衣袍的少俠。他是雲南沐府中四大家將方家的人。我若不先鞭打你，平息了他怒氣，他一伸手立時便捏死了你，就如捏死了一隻蒼蠅。」

可知一版雲南沐王府手下的家將「方家」極其霸道，而方家的這對姊弟，顯然也是兇猛殘暴的。

二版將這段改為，韋小寶倒騎馬，茅十八縱馬近前，拉住韋小寶後領，提上馬去。

而後，茅十八帶著韋小寶到一家飯店打尖。兩人吃飯時，飯店進來了十七八個吳三桂的部下，茅十八出言挑釁，雙方因此打了開來。

雙方過招時，韋小寶躲到桌下。忽有一人出拳打了吳三桂手下，眾人於是急奔而去。出拳相助茅十八與韋小寶的人，即是出手扣住韋小寶的馬那人，也就是沐王府方家的白寒松。

經過二版改寫之後，一版沐王府惡霸的方家，二版就變成了仗義助人的白家。

接著，一版兩人繼續上路，路上見到沐王府家將蘇家的車，車上亦插著鑲著藍邊的小白旗，茅十八竟嚇得發抖，二版將這段刪去了。

接著，茅十八向韋小寶講解「沐王府」的來歷，並說及劉白方蘇四大家將，一版茅十八道：「這四大家將的後人都力戰而死，只有年幼的子弟逃了出來。天地會陳香主送了他們四面藍邊小白旗，號令天下，凡是見到這四大家將的後人，都須一體保護。所以我見了這兩批人，這等……

這等客氣，難道是怕了他們？要知忠良之後，人人尊敬。若是得罪了雲南沐家之人，豈不為天下萬人唾罵？」

原來一版的沐王府家將竟是持著陳近南所發「藍邊小白旗」耀武揚威，這與後來說天地會與沐王府衝突的情節根本是互相矛盾的，二版因此改為茅十八說，沐王府四大家將的後人都力戰而死，而他之所以對白寒松如此客氣，是因白寒松是忠良之後。。

一版到二版的修訂即至此處。

看過一版到二版的修改，再看二版到新三版的變革。

在此回中，二版韋小寶母親原名「韋春花」，新三版改為「韋春芳」。在二版故事中，韋小寶的母親時為「韋春花」，時為「韋春芳」，前後不一，新三版一律稱為「韋春芳」。

【王二指閒話】

為了吸引更多讀者閱讀小說，金庸下筆創作時，屢次運用寫作技巧，讓每部小說在連載之初，就能有基礎讀者群，再以基礎讀者群為本，擴充讀者量。

「射鵰」系列是金庸一再運用技巧吸引基本閱讀群的作品，金庸以《射鵰》一書打響名聲後，接續的作品《神鵰》、《倚天》、《天龍》及《笑傲》，都在文學技巧運用下，得能先以《射鵰》的讀者為基礎讀者群，再廣及於更多讀者。

何謂以《射鵰》的讀者為基礎讀者群?以《神鵰》而言，在一版《射鵰》末回，楊過出場，書中即說「那楊過長大後名揚武林，威震當世，闖出一番轟轟烈烈的事業，他一生際遇之奇，經歷之險，猶在郭靖之上，此是後話，暫且不表。」這幾句話就是要吸引《射鵰》的讀者繼續閱讀《神鵰》，成為《神鵰》的基礎讀者群。

《神鵰》寫畢後，金庸接著創作《倚天》，《倚天》的故事主軸乃是圍繞著郭靖、黃蓉留下的倚天劍、屠龍刀，而身為主角的張無忌，在一版中，從小即學會了「神龍擺尾」等三招「降龍十八掌」，「降龍十八掌」是《射鵰》郭靖的生平絕學。這也是金庸要將《射鵰》與《神鵰》的讀者吸收為《倚天》基礎讀者群，所使用的文學技巧。

《倚天》之後，金庸創作《天龍》。《天龍》喬峰的成名絕技與《射鵰》郭靖一樣，都是「降龍十八掌」。因為想要知道「降龍十八掌」的相關故事，《射鵰》的讀者就會繼續追看《天龍》。

《天龍》之後，金庸創作《笑傲》。在《笑傲》中，風清揚傳給令狐冲的「獨孤九劍」是「獨孤求敗」傳下來的神功，「獨孤求敗」也是《神鵰》楊過私淑的前代大俠。因為對於「獨孤求敗」的武功有所好奇，《神鵰》的讀者就會繼續閱讀《笑傲》。

《射鵰》在華人世界名噪一時，在《射鵰》之後，從《神鵰》、《倚天》、《天龍》到《笑傲》，都是《射鵰》故事的延續，因此都能以《射鵰》的讀者當基礎讀者群，不過，金庸的其他小說並非《射鵰》相關作品，也無法使用這個技巧來創造基本的讀者群。

為了吸引讀者閱讀小說，一版《鹿鼎》與《碧血》採取了同樣的方式，就是將主角設定為出身「廣東」的大俠，以爭取當年金庸小說最主要的閱讀對象，即香港讀者的認同。

金庸是「香港作家」，雖然金庸小說後來被喻為「全世界華人的共同語言」，但在報紙連載時期，金庸確實是以香港讀者為小說的主要閱讀對象。而香港華人多屬廣東人，語言也是廣東話，因此，金庸在小說中將主角大俠設計成出身廣東，最能投讀者之所好。大俠與讀者同為「廣東老鄉」，最能讓讀者對大俠感覺到親切感，讀者也將更樂意閱讀小說。

《碧血》的男主角袁承志是明代大將袁崇煥之子，袁崇煥是廣東東莞人，袁承志自然也是香港人最有「地緣親切感」的「廣東大俠」。

創作一版《鹿鼎》時，金庸理當也是基於與創作「袁承志」同樣的構思，才會設計韋小寶「出身廣東」一事。然而，當金庸小說普及全球，金庸的基本讀者群也廣及世界後，俠士是不是「廣東大俠」，便不再是金庸的考慮了。二版因此索性大筆一揮，將韋小寶「出身廣東」之事刪去，韋小寶於是就成了道道地地的揚州人。

第二回還有一些修改：

一・二版茅十八向吳大鵬與王潭介紹韋小寶，說他：「叫作『小白龍』。水上功夫最是了得，在水上游上三日三夜，生食魚蝦，面不改色。」新三版將「在水上」改為「在長江中」，以求詞意準確。

二・二版茅十八說：「天地會保百姓，殺韃子。」新三版將「韃子」改為「胡虜」。

三・說起沐王故事，二版說茶坊中說書先生講述明朝故事，聽客最愛聽的便是這部敷演明朝開國，驅逐韃子的《英烈傳》。新三版將「驅逐韃子」改為「驅逐胡元」；接著，二版說明太祖開國，最艱巨之役是和陳友諒鄱陽湖大戰，但聽客聽來興致最高的，卻是如何將蒙古韃子趕出塞外，如何打得眾韃子落荒而逃，大家耳中所聽，是明太祖打蒙古韃子，心中所想，打的卻變成了滿州韃子。新三版將「蒙古韃子」改為「蒙古兵」，將「滿州韃子」改為「清兵」。總而言之，新三版力求不在小說中貶損任何民族。

四・茅十八鬥四名鹽梟，一版說兵刃格鬥聲中，卻又夾雜著一人咳嗽之聲，顯然房中那人氣喘吁吁，有些支持不住。廳中眾鹽梟聽著這咳嗽聲，料知己方已占上風，那是欣然色喜。二版刪去這段茅十八看似受傷頗重的說法。

五・韋小寶進茅十八廂房中，一版說只見那人左手按胸，咳嗽了幾聲，那孩子心想：「這人既受重傷，又在生病，如何是這許多人的對手？我可得趕快逃走才是。但不知媽媽怎樣了？」二版茅十八傷頭不傷胸，這段因此改為韋小寶心想：「這人頭上受了重傷，站都站不起來，打不過這些私鹽販子的。老子得趕快逃走。但不知媽媽怎麼樣了？」

六・茅十八叫韋小寶將三把刀磨一磨，一版韋小寶當下將三柄鋼刀拿到溪水之旁，蘸了水，在一塊石頭上磨了起來。三刀磨畢，道：「我去買些油條饅頭來吃。」二版為表現韋小寶的滑頭，改為韋小寶當下將三柄鋼刀拿到溪水之旁，蘸了水，在一塊石頭上磨了起來。心想：「對付鹽販子，有一把刀也夠了，倘若這茅老兄給人殺了，餘下兩柄道又磨來幹什麼？難道讓人用來殺我韋小寶嗎?」他向來懶惰，裝模作樣的磨了一會道，道：「我去買些油條饅頭來吃。」

七·茅十八說韋小寶對人灑石灰下三濫，一版說韋小寶生性強硬，不肯認錯。二版刪此性格說明，說來韋小寶的性格是「滑頭」，而非「強硬」。

天地會陳永華大香主的絕技是「龍捲罡氣」

——《鹿鼎記》第三回版本回較

從一版《鹿鼎》修訂為二版，陳近南的成名武功也有所改變，且來看看一版與二版不同的陳近南。

就由茅十八與韋小寶被海老公擒至宮內說起。

在海老公房中，茅十八向海老公說起要上京找鰲拜比武，海老公則將話題轉向陳近南。

海老公問茅十八，從茅十八看來，他的武功和陳近南相比如何？

一版海老公說，他聽說天地會陳永華陳大香主練有「龍捲罡氣」，內功之高，，人所難測。

二版則改為海老公說，他聽說天地會陳近南陳總舵主練有「凝血神爪」，內功之高，人所難測。

從這段描述可知，一版天地會與二版的組織編制是不同的，身為天地會最高領導人的陳近南，一版的職稱是「大香主」，二版則改為「總舵主」。

至於陳近南的成名絕技，一版說是「龍捲罡氣」，可知一版陳永華與喬峰、張無忌一樣，都是內力豐沛的高手，二版則改為「凝血神爪」，經此一改，二版陳近南就與《倚天》擅長「龍爪手」的少林空性大師類似了。

而後，海老公對茅十八說，希望他為皇家效力，別跟著陳近南謀亂造反。一版茅十八說道：「不錯，我是天地會的兄弟，咱們同心協力，反清復明，那有反投滿清去做漢奸的道理？」

若照一版此回所說，茅十八確實是天地會兄弟，但在一版第七回中，又說茅十八並非天地會兄弟，說法前後矛盾，二版此回遂改說茅十八無緣投身天地會，以求前後統一。

此處二版改為：茅十八說道：「我……我……我不是天地會。」又說：「我這可不是抵賴不認。姓茅的只盼加入天地會，只是一直沒人接引。」

而後，海老公因誤服藥物而雙目失明，茅十八遂趁機逃離。

故事再接到韋小寶奉海老公之命與宮中太監賭錢之事。

談起賭錢，書中說到韋小寶掉包骰子的功力，一版說韋小寶早將換骰子的手法練到出神入化，能在手腕間藏六粒骰子，手指中抓六粒骰子，一把擲下去時，落入碗中的是腕間骰子，而手指中的六粒骰一合手便轉入左掌，揣入懷中。

二版則改說，這門掉包骰子的本事，韋小寶並沒學會。

賭完錢後，韋小寶要回海老公住處，卻迷失了路徑。一版說韋小寶時時見到廳上、門上懸有匾額，三四個字之中也難得認識一字，所識的多半只是「一」、「三」、「水」之類。

二版改為韋小寶時時見到廳上，門上懸有匾額，反正不識，也沒去看。

總之，從一版到二版，韋小寶的武功被廢掉了，文化水平被降低了，連換骰子的神功也被去除了，但沒了武功、文化與耍老千的功力也無所謂，因為韋小寶單以他的「滑頭」神功，就足以悠遊江湖，暢懷自在！

【王二指閒話】

金庸在構思系列小說的書名時，概有三大原則，此三大原則如下：

一、以「主角」命名：以「主角」命名的書，包括《射鵰英雄傳》、《神鵰俠侶》、《雪山飛狐》、《飛狐外傳》。

以「主角」命名，望名生義，讀者一看書名就知道誰是主角。不過，金庸武俠小說也是文學作品，在講求書名美感的考量下，總不能單刀直入地取名為《郭靖傳》、《楊過夫妻合傳》、《胡斐傳》、《胡斐外傳》，於是，經過文字的美學包裝，《郭靖傳》成了《射鵰英雄傳》，《楊過夫妻合傳》成了《神鵰俠侶》，《胡斐傳》成了《雪山飛狐》，《胡斐外傳》則成了《飛狐外傳》。

這其中，《雪山飛狐》與《飛狐外傳》直接取自男主角胡斐的外號，是甚為妥當的。相對之下，《射鵰英雄傳》的詞意就含糊多了，因為「射鵰英雄」既不是郭靖的專屬外號，「射鵰」也不是郭靖個人的獨特作為，而是草原民族的共通民俗。小說以「射鵰英雄傳」為名，因毛澤東的〈沁園春〉有「一代天驕成吉思汗，只識彎弓射大鵰」一句，因此也讓人懷疑，此書莫非有將成吉思汗納為第二主角之意？

至於「神鵰俠侶」一名，說來這整部小說竟然被此「書名」綁架了，在這部小說中，小龍女跳絕情谷自盡後，原本或可就此營造出故事的「悲傷美感」，然而，楊過是在小龍女自盡後，才有「神鵰俠」的尊號，倘使小龍女無法生還，這部書書名「神鵰俠侶」便要落於書名與內容不一。因為書名已確定，不管金庸願不願意，小龍女都得活過來。

二、以「武功或器物」命名：以「武功或器物」命名的書，包括《倚天屠龍記》、《笑傲江湖》、《俠客行》、與《連城訣》。

《倚天屠龍記》的故事主軸圍繞著倚天劍與屠龍刀，《笑傲江湖》中有一部「笑傲江湖之曲」，《俠客行》中最高明的武功蘊藏於「俠客行」一詩，《連城訣》則是在「連城劍訣」中藏著寶藏的大秘密。

三、以「大意」命名：以「大意」命名的書，包括《書劍恩仇錄》、《碧血劍》、《天龍八部》、《鹿鼎記》。

以「大意」命名，是最不會有爭議的，因為書名之意極為籠統模糊，如《書劍恩仇錄》與《碧血劍》兩書書名，放到每一部武俠小說幾乎都適用。

而關於《天龍八部》書名，金庸在一版中說「小說將包括八個故事，每個故事為一部。但八個故事互相有聯繫，組成一個大故事。」這段說明二版刪去了，二版改說小說是借用這個佛經名詞，象徵一些現世人物，這說法使得二版的讀者常會猜測「天龍八部各是書中的哪個人物？」

至於《鹿鼎記》，書名在首回中呂留良就已詮釋清楚，讀者也明白這將是本英雄競逐天下的書，但為了配合書名，金庸又特別為韋小寶創作了官銜「鹿鼎公」，雖說此官銜與書名相扣，但從歷史的角度看，「鹿鼎公」一名顯然不可能出現在清朝的官制中，或許金庸是要以此官名來表現幽默感，但卻又顯得不太符合清朝官制，這倒是有違金庸一向尊重歷史的創作原則。

第三回還有一些修改：

一・一版的小桂子是「十一二歲」，二版增為「十二三歲」。

二・茅十八推海公公，只覺得全身一震，不由自主的一個踉蹌。一版說連韋小寶也摔了出去，咕咯一聲，恰好跌入一隻大水缸中。二版刪去韋小寶「咕咯一聲，恰好跌入一隻大水缸中」一事，想是因為酒店中怎會在用餐區放一隻大水缸呢？太不合理。

三・布庫們說他們是鄭王爺府裡的，一版說原來滿洲人喜愛摔跤，親王貝勒府中多養摔跤的勇士，稱為「布庫」，這些大漢便是鄭王府中的布庫。二版刪去這幾句解釋。

四・韋小寶找不到藥箱，謊稱是殺人後害怕，一版海老公道：「唉，這孩子，殺個人又打什麼緊了？你又不是沒殺過人。藥箱是在第一口箱子裏。」但一版的小桂子究竟殺過誰，後來並沒說明，二版因此刪去了海老公話中的「你又不是沒殺過人」一句。

五・海老公叫韋小寶練擲骰子，一版韋小寶假意試了十來次，終於擲成了「梅花」。二版改為韋小寶試了十七八次，擲出了一隻「長三」，那比梅花只差一級。二版顯得韋小寶更工心計。

六・一版韋小寶在康熙練功房中，見屋中空空洞洞，除了一張桌子外別無他物。二版增說為韋小寶見屋中空空洞洞，牆壁邊倚著幾個牛皮的人形，樑上垂下來幾隻大布袋，裡面似乎裝作米麥或是沙土。

韋小寶練成了少林派的「大擒拿手」——《鹿鼎記》第四回版本回較

韋小寶是金庸書系中，唯一一個從有武功被削成近無武功的男主角。且來看這回韋小寶學少林派「大擒拿手」，一版與二版完全不同的故事。

就由韋小寶第一次在練功房見到康熙說起。

一版說康熙約摸十五六歲年紀，二版減了一歲，說是約莫十四五歲年紀。

與康熙玩過摔跤，認識了這位「小玄子」後，兩人訂下明日之約，韋小寶遂回海老公住所。

接著，一版海老公要韋小寶到「御書房」找《四十二章經》，二版則將「御書房」改為「上書房」。不過，「上書房」仍是錯誤的，因「上書房」是雍正朝才設立的。「上書房」原名「尚書房」，於雍正年間設立，供皇子皇孫們讀書，道光年間將「尚書房」改名「上書房」。至於康熙讀書之處，是「南書房」，但「南書房」在《鹿鼎記》的年代尚未設立。「南書房」俗稱「南齋」，設立於康熙十六年（一六七七年），光緒二十四年（一八九八年）撤銷。「南書房」除了是康熙讀書之處外，也是康熙與其近臣起草諭旨之處，入值南書房的官員稱為「南書房行走」。

而後，韋小寶向海老公說起與小玄子比武不敵之事，海老公遂教了他以膝蓋抵後腰穴道的功夫。

第二天，韋小寶又至練功房與小玄子比武。韋小寶出招時，一版小玄子翻身跳起，道：「原來你也學這一招『飛雲手』。」韋小寶並不知「飛雲手」是什麼手法，只是誤打誤撞，勝了小玄子一招。

二版將「飛雲手」改為「羚羊掛角」，改寫的原因是要與回目查慎行詩句的「無跡可尋羚掛角　忘機相對鶴梳翎」相契。

第二天韋小寶比武依然落敗，海老公遂傳了他兩招少林派「大擒拿手」，以與康熙的「小擒拿手」較量，但第三天韋小寶仍然不敵。

那天回海老公居所後，因推測康熙所使為武當派正宗擒拿手，海老公於是決定將少林派正宗擒拿手，也就是「大擒拿手」，一招一式傳授予韋小寶。他先教韋小寶「弓箭步」，而後，一版說海老公自「連環手」開始，將一十八手拆解的方法都教給韋小寶。韋小寶學得津津有味，不住讚美：「這一手真是妙極，那小子說什麼也不能抵擋。」而後，韋小寶居然將第一路擒拿手的一十八式變化都學全了。海老公道：「小子油腔滑調，記性倒好。」言下頗有贊許之意。

一版韋小寶精進勤學，與二版韋小寶判若兩人，二版改為海老公教韋小寶「弓箭步」，韋小寶練了不到半炷香時分，雙腿已酸痲之極，便跟海老公說他要拉屎，海老公只得任由他上茅房，鬆散雙腿。

二版還說韋小寶雖然人聰明，但要他循規蹈矩，一板一眼的練功，卻說什麼也不幹。海老公倒也不再勉強，只傳了他幾下擒拿扭打的手法。

學得「大擒拿手」後，次日，韋小寶又至練功房與小玄子比武，並扳倒了小玄子。

當日回海老公居所後，韋小寶說起小玄子的武功是武當派的，一版海老公喃喃的道：「所料不錯，果然是武當派的。」而後，海老公即傳授韋小寶第二路少林擒拿手，這第二路少林擒拿手共有一十八式，這一路擒拿手滲雜了拿穴的手法。

次日韋小寶和小玄子相鬥，第一二路擒拿手一起使用，已有三十六種招式可使，變化自是繁複得多。

二版因韋小寶沒興趣學武功，這段故事改為海老公喃喃的道：「所料不錯，果然是武當派的。」而後，海老公即傳授韋小寶勾腳的法子。

二版說韋小寶每天向海老公學招，學招之時，凡是遇上難些的，韋小寶便敷衍含糊過去。海老公卻也由他，撇開了扎根基的功夫，只是教他躲閃，逃避，以及諸般取巧，佔便宜的法門。

一版接著又說，那擒拿法越是學到後來越是艱難。海老公的咳嗽較厲害時，韋小寶就自行溫習。時日忽忽，韋小寶來到皇宮不覺已近二月，他親眼見到海老公制住茅十八時武功的厲害，知道得能受他指點，那是終身受用不盡，是以學藝時十分用心。

二版則改為擒拿法越來越難，韋小寶已懶得記憶，更懶得練習，好在海老公倒也不如何逼督促，只是順其自然。總而言之，二版韋小寶從未「用心學藝」。

一版又說，兩個月與康熙鬥下來，比武之時，韋小寶雖然仍是輸多贏少，但偶爾也有幾日能占到上風。韋小寶最是好勝，這一來，習武之心更是熱切了。

二版則刪為兩個月與康熙鬥下來，韋小寶的武功進展緩慢，小玄子卻也平平，韋小寶雖然輸多贏少，卻也決不是只輸不贏。

一版到二版的修改至此。

經過二版的改寫，一版韋小寶認真學少林派「大擒拿手」之事，就變成了摸魚打混，一版學藝有成的武功高手韋小寶，也就變成不會武功的小滑頭了。

【王二指閒話】

金庸創作及《鹿鼎》時，或許是面臨了武功上的創意無法突破前作的難局，因而促使韋小寶「棄武轉智」。

在《鹿鼎》之前，被金庸描述至「巔峰」的武藝有：

一、內力：金庸筆下對「內力」的創作概分兩類，一類是「自己苦練出來的內力」，另一類是「吸取他人得來的內力」。以「自己苦練出來的內力」來說，《倚天》張無忌的「九陽神功」已經達到巔峰，小說再怎麼創作，都很難再突破「九陽神功」的境界。

至於「吸取他人得來的內力」，則是以《天龍》段譽的「北冥神功」為此功的巔峰，後繼的小說絕難超越。

二、拳腳：金庸筆下絕頂的「拳腳」招式，就是《射鵰》郭靖的「降龍十八掌」，就因為「降龍十八掌」太過經典，《天龍》塑造喬峰的成名絕技亦是「降龍十八掌」。

三、棍棒：金庸創造的棍棒之法，當以《射鵰》「打狗棒法」為第一，「打狗棒法」亦是丐幫幫主世代相傳的絕技，世間棒法難有勝之者。

四、刀劍：金庸筆下最殊勝的刀法劍術，當屬《笑傲》的「獨孤九劍」，因為「獨孤九劍」講求「無招勝有招」，因此任何劍招都能破，也無人能敵。

五、音樂：金庸武俠中以音樂為武器的高手以黃藥師為首，後續創作的康廣陵、黃鍾公等人，均無法再超越黃藥師。

六、兵刃：金庸筆下的兵刃，當以《神鵰》楊過的「玄鐵重劍」為最優，又因這把劍質地太好，後來還熔鑄成「倚天劍」及「屠龍刀」，這一劍一刀依然是武林中最鋒利的兵刃。

在韋小寶之前，張無忌、段譽、喬峰、黃蓉、令狐冲、黃藥師及楊過已經創下了「自練內力」、「吸人內力」、「掌法」、「棒法」、「劍術」、「音樂」及「兵刃」的巔峰，有了這幾座山頭橫在前面，韋小寶的「大擒拿手」或其他武功再怎麼練，都不可能再超越前人了。

而既然韋小寶無法發展武功，金庸索性讓他「棄武從智」，有趣的是，韋小寶竟也創下了金庸書系中的一個第一，那就是智計第一，在金庸所有主角中，武功最不濟的韋小寶，竟成了「動智不動武」的巔峰。

第四回還有一些修改：

一．海老公命令韋小寶想方設法借錢給溫家兄弟，二版海老公道：「你去贏溫家哥兒倆的銀子，他們輸了，便借給他們，借得越多越好。」二版此話詞意上有瑕疵，因為若只是要溫家兄弟輸錢而借錢，那也不一定非要韋小寶贏錢不可，新三版因此改為海老公對韋小寶道：「溫家哥兒倆賭錢要是輸了，便借給他們，借得越多越好。」

二．韋小寶猜測海老公等人是太監，一版說太監的形貌聲音，與常人大不同，本來一眼便分辨得出。二版刪此說明。

三．海老公要韋小寶設法讓溫家兄弟帶他到上書房（一版「御書房」）偷《四十二章經》，一版海老公道：「拿到書後，你就邀溫氏兄弟到這裏來，說我有兩件值錢的玩意兒送給他們。」韋小寶道：「那是什麼？」海老公道：「到那時你自然知道。」但海老公要賞溫家兄的的玩意兒是甚麼，後來並無說明，二版遂刪此伏筆。

四．韋小寶私進上書房，一版說他從懷中摸出一把薄薄的匕首來。二版改為從靴桶摸出一把薄薄的匕首。

韋小寶學兼少林派與武當派之長
——《鹿鼎記》第五回、第六回版本回較

「康熙擒鰲拜」這齣歷史大戲，在武俠小說家金庸的筆下，一版《鹿鼎》確實可見康熙深沉的智謀。

一版康熙努力學武，也誘導武學奇才韋小寶習練「大擒拿手」及「大慈大悲千葉手」，兩人還互相切磋武功，而均融少林武當兩派功夫於一身，待到功成之日，康熙確認時機完成，才對鰲拜痛下殺手。

二版則因將韋小寶的武功改為半調子功夫，導致與韋小寶武藝相當的康熙也連帶被貶低了武功層次。兩人的武功都不過爾爾，但康熙仍大膽發動殺鰲拜的計劃，簡直就是狂妄大膽之極。

且來看一版與二版因韋小寶的武功改變而導致的情節差異。

就由韋小寶發現小玄子的真實身份是康熙皇帝，而後與康熙比武不自覺地疲弱無力，康熙於是要他至布庫房與武士較量摔跤說起。

在布庫房中，一版韋小寶與胖大武士較量摔跤，韋小寶使出一招「順水推舟」，借力打力，

胖大武士即跌了個狗吃屎。二版則將此處改為：韋小寶使出一招「順水推舟」，胖大武士經其他武士示意，故意假裝腳下踉蹌，撲地倒了，好一會爬不起來。

而後，回到海老公房中，韋小寶說起當日與康熙比武的經過。聽聞韋小寶的描述，海老公推知小玄子即是康熙皇帝。

因怕「大擒拿手」誤傷皇帝，海老公說要教韋小寶「大慈大悲千葉手」，以繼續跟康熙比武。

一版海老公道：「這功夫十分難學，共有一千招，你若是記性好，每天學得十招，也須三個多月才能學全。」韋小寶道：「我用心學就是了。」

一版韋小寶積極學武，二版韋小寶則沒這麼向學，這段情節二版改為：海老公道：「這功夫十分難學，招式挺多，可不大容易記得周全。」韋小寶笑道：「既然招式挺多，記不全就不要緊，忘了一大半，剩下來的還是不少。」海老公說韋小寶還沒學功夫，就已在打偷懶的主意。

當日海老公教了韋小寶三招。

第二天，韋小寶在康熙面前大展新學武功「大慈大悲千葉手」，一版說韋小寶道拉開招式，雙掌飛揚，使出「南海禮佛」、「如牛負重」、「金玉瓦礫」、「紈素敝帛」、「人命呼吸」，一共五招。

一版這裡是個錯誤，因為韋小寶方學三招，怎麼會使出五招？二版更正為韋小寶拉開招式，雙掌飛揚，使出「南海禮佛」、「金玉瓦礫」、「人命呼吸」，一共三招。

當晚回海老公居所，海老公又教了韋小寶六招。二版此處較一版增寫：因海老公看不見，韋小寶心道：「你馬馬虎虎的教，我就含含糊糊的學，哥兒倆胡裡糊塗的混過便算。倘若你要頂真，老子可沒閒功夫陪你玩了。」

二版一再強調韋小寶習武漫不經心。

次日，韋小寶找康熙比武，康熙亦新學了「八卦游龍掌」，與韋小寶的「大慈大悲千葉手」不相上下。當天韋小寶回到住處後，將康熙學練「八卦游龍掌」之事說給海老公聽。海老公說少林派的千葉手，確實只有武當派的八卦游龍掌敵得住。

一版韋小寶於是起心要學八卦游龍掌，此後，他每天去和康熙比武，都向康熙細細討教這路掌法。數月之後，韋小寶既將「千葉手」的一千式招數學全，又不斷與康熙切磋八卦游龍掌，武學進展因此迅速異常。

一版韋小寶因此學貫了「少林」、「武當」兩派。

二版韋小寶沒這麼精進，這段故事改為：韋小寶不肯刻苦練功，他學武只是為了陪皇帝過招，自己全不用心，學了後面，忘了前面的。康熙的師父顯然教得也頗馬虎。兩人進步甚慢，比武的興致也是大減。

二版韋小寶連少林派的「大慈大悲千葉手」都學不全，更別說還要再學武當派的「八卦游龍掌」了。

故事繼續接到康熙安排十二名小太監要共擒鰲拜之事。

當鰲拜進上書房，十二名小太監出手後，一版說韋小寶早已閃在鰲拜身後，奮力一揮，打在他的「意舍穴」上。若是尋常武師中了這一拳，當即暈倒，但鰲拜天賦異稟，武藝高強，只感穴道上一陣酸麻，不由得大吃一驚，心想：「那裏來了這樣一個高手？」

一版韋小寶竟是鰲拜也稱讚的高手，二版則改為韋小寶閃在鰲拜身後，看準了鰲拜太陽穴，狠命一拳。鰲拜只感頭腦一陣暈眩，心下微感惱怒：「這些小太監兒好生無禮。」而後，鰲拜反擊韋小寶。因鰲拜勢不可擋，康熙遂取匕首插入他背心。

最後，韋小寶取爐灰灑入鰲拜雙眼，並以香爐砸鰲拜，方將鰲拜擊暈。

一版說香爐重近百斤，可知一版韋小寶是個大力士，二版則減為香爐少說也有三十來斤重，韋小寶的「神力」也就不見了。

接著，康熙與韋小寶合力將鰲拜手足綁住。鰲拜大叫冤枉，康熙對韋小寶道：「想個法兒，叫他不能胡說！」一版韋小寶於是走過去伸出左手，揑住了鰲拜的鼻子。鰲拜張口透氣，韋小寶右手拔下他手臂上的匕首，往他口中一絞，割斷了他舌頭。

二版韋小寶沒這般好功夫了，改為韋小寶走過去伸出左手，揑住了鰲拜的鼻子。鰲拜張口透氣，韋小寶右手拔下他臂上的匕首，往他口中亂刺數下，在地下抓起兩把香灰，硬塞在他嘴裡。鰲拜喉頭荷荷幾聲，幾乎呼吸停閉，那裡還說得出話來？

「滿州第一勇士」鰲拜就此受縛，從一版到二版，韋小寶從武功高明改為武功半調子，鰲拜的武功也相對被減弱了。一版鰲拜對付的是學貫少林武當的韋小寶與康熙，落敗被縛還情有可原，二版鰲拜對付的只是武功低下的韋小寶，卻依然是落敗被縛，真不知鰲拜怎能稱為「滿州第一勇士」？

而後，韋小寶回到海老公居所，向海老公說起擒鰲拜之事。

一版海老公說他早知皇上學「八卦游龍掌」另有用處，且皇上一直等到韋小寶練成「千葉手」，才向鰲拜下手，可說謀定而後動，耐心不差。

二版則改為海老公說他知道皇上學「八卦游龍掌」另有用意，還說「大慈大悲千葉手」和「八卦游龍掌」兩路武功，倘若十年八年下來，當真學到了家，兩人合力，或許能對付得了鰲拜，可是這麼半吊子的學上兩三個月，又有什麼用？他還說韋小寶與康熙少年人膽子大，不知天高地厚，擒鰲拜之事，當真凶險得很。

可知從一版到二版，康熙擒鰲拜一事，由韋小寶與康熙均學得少林武當兩派武功，方謀定而後動，變成只是少年人膽子大，不知天高地厚的行為。

而後，故事接到韋小寶奉康熙聖命，與索額圖前往鰲拜家抄家，並取得兩部《四十二章經》之事。

一版韋小寶見到的《四十二章經》，是用白綢子套著。二版則改為《四十二章經》放在白玉大匣中，匣上刻著「四十二章經」有五個大字。

二版之所以會有此處修改，是為了配合回目查慎行詩句「金戈運啟驅除會　玉匣書留想像間」。

而後，韋小寶在鰲拜藏寶庫中發現一柄匕首，一版說那匕首連柄不過一尺五寸，二版將「一尺五寸」減為「一尺二寸」。接著，韋小寶又從鰲拜藏寶庫中找到一件護身寶衣，一版說這件是

「銀光閃閃的衣服」，二版則改為是「黑黝黝的背心」。

這匕首與背心是韋小寶日後防身的兩件寶貝，尤其二版將韋小寶的武功廢去後，匕首與背心的重要性就相對更高了。

抄完鰲拜的家後，韋小寶回到海老公居所。

因海老公揭穿了韋小寶「冒牌小桂子」的身份，韋小寶欲以匕首行刺海老公，結果被海老公一掌擊出窗外。

而後，韋小寶偷聽海大富與太后對話，得知太后以「化骨綿掌」殺害孝康皇后等人。

接著，海大富出手與太后對了三掌。

一版說太后受傷不輕，心下駭怒交集，尋思：「今晚若是放了這老奴才活著離去，他去跟皇上一說，我全族都給毀了。那狐媚子在地獄之中得知訊息，也要喜歡得眉花眼笑。」她想起董鄂妃笑靨如花的容貌，怒氣勃發，再也按捺不住，吹一口氣，喝道：「今晚便跟你拚個同歸於盡。」她以皇太后之尊，本來怎能和一個老太監拚鬥？但形格勢禁，已是不得不然。

由一版這段可知，金庸在一版寫及此段時，應是將「太后」設定為「真太后」，而非「假太后」，因此太后才會擔心海大富若向皇上進言，她「全族都給毀了」。

接著，海大富又威脅太后：「太后，你這一族世代尊榮，太宗和主子的皇后，都出自你府上。就可惜這一場榮華富貴，在康熙這一朝中便完結了。」一版說太后忍不住打了個冷戰，情知這老太監所說不錯，正因為小皇帝頭腦明白，終究會瞞不過他。

這段也是一版將「太后」設定為「真太后」的明證，因為此太后若是「假太后毛東珠」，她又何須固全「真太后」的「一族世代尊榮」呢？

因在隨後的情節中，將此「太后」設定為「假太后」，因此一版改寫為二版時，將這兩處以「太后」為「真太后」的描述都刪掉了。

一版到二版的修訂至此。

此回一版到二版最重要的修訂之處，就是將韋小寶的武功層次降低，這也是一版《鹿鼎》修訂為二版，重點之所在。

【王二指閒話】

金庸小說從武功與故事的傳承，可以概分「射鵰系列」與「明清系列」兩系列，「射鵰系列」包括《射鵰》、《神鵰》、《倚天》、《天龍》及《笑傲》等書，「明清系列」則有《書劍》、《碧血》、《飛狐》、《外傳》、《連城》及《鹿鼎》等書。兩系列在武功上的差別，就是「射鵰系列」的武藝繽紛多彩、突發奇想，「明清系列」的武功則相對較為寫實，兩系列的武功風格大為不同。

「射鵰系列」的武功特色，一是秘笈既多又精彩，如《射鵰》的《九陰真經》、《神鵰》的《玉女心經》、《倚天》的《九陽真經》、《天龍》的「北冥神功」及《笑傲》的「獨孤九劍」、「吸星大法」、《葵花寶典》等。「射鵰系列」的秘笈，幾乎都成了武俠小說讀者心中的「武功秘笈代名詞」。

「射鵰系列」的武功特色之二，就是俠士們多有「自創武功」的能力，如《射鵰》黃藥師自創「彈指神通」、洪七公自創「逍遙拳」、王重陽自創「先天功」。除了天下五絕外，郭靖學會洪七公的「降龍十五掌」後，也自創出三掌補足「十八」之數。此外，《神鵰》林朝英竟能自創比天下第一高手王重陽武功還高明的《玉女心經》，楊過也能在學兼數家之長後，自創「黯然銷魂掌」。

《鹿鼎》是接續在《笑傲》之後的作品，金庸在創作《鹿鼎》時，原本也有意將韋小寶創造成武功蓋世的大俠，然而，從金庸的創作邏輯來看，韋小寶只能是「明清系列」的高手，而無法繼令狐沖之後，成為「射鵰系列」的大俠。

韋小寶無法位列「射鵰系列」高手的原因之一，即是因金庸最早創作的兩部小說，是背景年代為乾隆時代的《書劍》，以及背景年代為皇太極時代的《碧血》，而後才開始創作背景年代為北宋到元末之間　的「射鵰系列」，因此，金庸在寫《書劍》與《碧血》時，書中的人物絕不可能擁有「射鵰系列」的任何秘笈或武功。而《鹿鼎》的背景年代又是在《碧血》皇太極之後的康熙時代，因此，金庸在塑造韋小寶為武功高手時，無法橫跨過《碧血》的時代，讓韋小寶成為喬峰、郭靖、楊過、張無忌或令狐沖的傳人。

「明清系列」的韋小寶無法承襲「射鵰系列」的《九陰真經》、《九陽真經》或《葵花寶典》等神功，但金庸又想讓韋小寶兼容各種絕世武功，成為震懾天下的高手，於是就讓韋小寶學得了武林泰山北斗的少林武當兩派功夫。

因此，一版韋小寶既學會了少林派的「大慈大悲千葉手」，又練就了武當派的「八卦游龍掌」，融少林武當絕技於一身，這麼一來，「天下第一高手」韋小寶就呼之欲出了。

第五回還有一些修改：

一·說起康熙，二版說皇太子自出娘胎，便注定了將來要做皇帝，自幼的撫養教誨，就與常人全然不同。但史實上的康熙並不是打出娘胎就是皇太子，新三版因此將這段改為：皇太子一經封立，便注定了將來要做皇帝，自幼的撫養教誨，就與常人全然不同。

二·要擇小太監練摔跤，二版康熙向近侍太監道：「你去選三十名小太監來，都要十四五歲的。」新三版將「十四五歲」減為「十三四歲」，以與新三版韋小寶的年紀相符。

三·「大慈大悲千葉手」中，二版的「夢裡明明」一招，新三版改為「夢裡真幻」。

四·韋小寶砸鰲拜的香爐，二版說是「唐代之物」，新三版改為「西周古物」。

五·二版說韋小寶是十四五歲小孩，新三版改說是十三四歲小孩。

六·韋小寶說他見過「千手觀音」，海老公道：「你是揚州廟裏見到的麼？」韋小寶道：

「揚州廟裏？」以為海老公已知他的真實來歷，韋小寶這一驚當真是非同小可。一版海老公道：「你從揚州來到宮裏，是六歲呢還是七歲？小時候見到的菩薩，現在倘還記得？」韋小寶暗叫一口長氣，心道：「原來小桂子也是揚州人，那可真巧極了。」忙道：「是七歲了，別的都忘了，觀音菩薩身上手這麼多，倒還記得。」由這段情節可知，原本的「小桂子」或有可能也是揚州人，亦或是海老公用計在套韋小寶，二版則改為海老公道：「千手觀音嗎，天下就只揚州的廟裡有，你沒去過揚州廟裡，怎能見到千手觀音？」韋小寶輕吁一口長氣，心道：「原來只揚州的廟裡才有千手觀音，險些給你嚇得拉尿。」忙道：「我怎會去過揚州？揚州在什麼地方？千手觀音什麼的，是聽人家說的，我可沒見過。想在你老人家面前吹幾句牛，神氣神氣，那知道你見多識廣，一下子就戳破了我的牛皮。」海老公歎道：「要戳破你這小滑頭的牛皮，可實在不容易得很。」韋小寶道：「容易，容易。我撒一句謊，不到半個時辰，就給你老人家戳穿了西洋鏡。」二版的說法自是較一版圓融多了。

第六回還有一些修改：

一．海老公問韋小寶今年幾歲，二版韋小寶道：「我……我是十四歲罷。」海老公道：「十三歲就十三歲，十四歲就十四歲，為什麼是『十四歲罷』？」新三版改為韋小寶道：「我……我是十三歲罷。」海老公道：「十三歲就十三歲，十四歲就十四歲，為什麼是『十三歲罷』？」

二．一版說假太后是三十六七歲的美婦，二版改為是三十歲左右的貴婦。

三．說起「化骨綿掌」，一版海大富道：「奴才聽說世間有這樣一門『化骨綿掌』，打中人之後，那人全身沒半點異狀，要過得三年五載之後，屍體的骨骼才慢慢的折斷碎裂。」二版將海大富話中的「三年五載」改為「一年半載」。

韋小寶在海大富遺物中找到絕世武功秘笈——《鹿鼎記》第七回版本回較

金庸在一版初創韋小寶時，原本有意將他打造成一代武功高手，因此幫他安排了一部武功秘笈，準備讓他習練，那就是海大富留下的武書。二版則廢去了韋小寶的武功，也將這部「海大富秘笈」刪除了。

且來看一版到二版修改。

就由韋小寶檢視海老公的箱中遺物說起。

一版說韋小寶翻得一部書，因韋小寶不識字，因此看不懂書名。韋小寶隨手一翻，見每一頁上都有幾張圖畫，畫的都是一個個裸體男子，身上畫滿了紅綫，他對圖畫很感興趣，一頁頁的細細翻下去，見每頁上的裸人姿勢各不相同，有的盤膝而坐，有的側身而臥，更有的頭下腳上，倒豎蜻蜓。

他凝思半晌，心道：「這些圖形看來是練武功的法門。老烏龜的武功如此了得，定是從這些圖形上學來的。哈哈，他教我一些少林派的假武功，這些圖形上的功夫，自然是真的了。老子每天來練他幾式。不用一年半載，武功就和老烏龜一樣高強，天下無敵，變成老烏龜第二！啊喲。

不對，老烏龜第二，豈不成為小烏龜？哈哈，哈哈！」

他越想越是高興，翻到第一頁上。見圖中人形盤膝而坐，當即依法坐好。

二版將這整段刪了。

一版的韋小寶是「武學中從所未有之奇」，按一版的情節推演，韋小寶既學得了少林派的「大慈大悲千葉手」與武當派的「八卦游龍掌」兩門「外功」，又學會了海大富與陳近南的「上乘內功」，因而內外功俱全。

二版則廢去了韋小寶的功夫，也連帶刪去韋小寶發現海大富武功秘笈一事。

【王二指閒話】

為了讓筆下的俠士俠女可以迅速在武林中功成名就，金庸往往會安排特殊的機緣，讓俠士俠女們不必經由正常的管道升遷，即可成為幫會門派的領導人。

江湖人物逞兇鬥狠，爭奪的目標之一，就是幫會門派的領導人，不過，別人或許費盡心機，仍當不了掌門或教主，身為主角的俠士俠女卻往往不費吹灰之力，就將「領導人」之位納入囊中。

如《射鵰》丐幫本有四大長老，但丐幫幫主洪七公於明霞島上遭難，自覺行將就木時，並未將幫主之為傳給任一位長老，而是請身旁的黃蓉執掌丐幫，黃蓉也就輕易地當上丐幫幫主了。

再如《倚天》明教，在前任教主陽頂天暴卒後，楊逍、范遙、韋一笑及殷天正等人，為爭奪明教教主之位而反目。後來因六大門派圍攻光明頂，張無忌以一人之力退六大門派，而後，張無忌即經明教群豪推舉，成了明教教主。

又如《笑傲》的五嶽劍派，左冷禪與岳不群為了併派及爭奪掌門而陰謀陽謀盡出，但最後左冷禪與岳不群雙亡，令狐冲即以恆山掌門之尊，成了五嶽劍派中最有份量的領導人。

《鹿鼎》天地會青木堂也是如此，青木堂尹香主死後，李力士與關安基爭奪香主之位。想不到韋小寶因手刃鰲拜，竟不費吹灰之力的成了「青木堂香主」。

為了讓年輕俠士俠女都能順利執掌幫會，金庸往往會將幫會中人都設定為對俠士俠女心悅誠服。比如黃蓉接掌丐幫後，蝸居桃花島多年，與郭靖享受夫妻之樂，對丐幫之事完全不聞不問，丐幫中人竟仍齊心擁戴，完全無人有異心。

年輕俠士俠女輕易執掌幫會，常會衍生的問題是，既然「幫會首腦」之位得來容易，俠士俠女們往往也就不怎麼珍惜，隨時拋而棄之，也無甚所謂，不論黃蓉、張無忌、令狐冲或韋小寶，都有類似的想法。別人「踏破鐵鞋無覓處」，我卻「得來全不費功夫」，既然得來容易，隨手棄之，也就毫不可惜了。

第七回還有一些修改：

一．海大富死後，一版皇太后升韋小寶為「尚膳監副總管太監」，二版改為「尚膳司副總管太監」，新三版又更正回一版的「尚膳監副總管太監」。

二．韋小寶升官後，二版一名太監道：「桂公公今天一升，明兒就和張總管、王總管他們平起平坐，可真了不起！」但因韋小寶只是「副總管太監」，因此與「張總管、王總管」平起平坐是個錯誤，新三版遂將「張總管、王總管」改為「張副總管、王副總管」。

三．太監說海大富「癆病入骨」，二版韋小寶心想：「老烏龜尖刀入腹，利劍穿心，那才是真的。」但海大復蛾眉刺插小腹則有，卻沒「利劍穿心」之事，新三版因此將「利劍穿心」改為「掌力穿心」。

四・二版崔瞎子譏笑關夫子「五關是過了，六將卻沒有斬。」新三版崔瞎子再加說一句「老蔡陽更加沒殺。」新三版的「老蔡陽」即是指鰲拜。

五・說起關安基，一版說他一部長鬚飄在胸前，模樣甚是威嚴，原來此人姓關，名叫安基，因鬍子生得神氣，得了個「美髯公」的外號，又是姓關，人家便都叫他關夫子。二版刪去「得了個『美髯公』的外號」一句。

六・賈老六出言反對李力世當香主，二版較一版增寫，韋小寶聽到「賈老六」三字，心下一凜，記得揚州眾鹽梟所要找的就是此人，轉頭向他瞧去，果見他頭頂頭禿禿地，一根小辮子上沒剩下幾根頭髮，臉上有個大刀疤。這是要與二版第二回的改寫相扣合。

七・一版李力世外號「神眼金翅」，二版刪除此外號。

八・一版此回有一位「枯葉道長」，但此人於隨後的情節中不再出現，二版遂將「枯葉道長」與下一回出現的「玄貞道長」合併為「玄貞道長」。凡一版此回出現「枯葉道長」之處，二版均改為「玄貞道長」。

九・一版的「崔禿子」，二版改為「崔瞎子」，並說「那姓崔之人少了一隻左目」。

韋小寶融陳近南與海大富的武功於一身，成為「武學中從所未有之奇」

——《鹿鼎記》第八回、第九回版本回較

《鹿鼎》從一版修成二版，最重要的改寫之處，就是一版韋小寶融少林武當、陳近南及海大富的武功於一身，成為「武學中從所未有之奇」，二版則廢去了韋小寶的武功，改為韋小寶只是精通「神行百變」，並以匕首及寶衣防身的狡童。

不過，一版韋小寶並不是自始至都有武功的，在一版故事中，韋小寶只是在前段中學得武功，成為「武學中從所未有之奇」，在後段故事中，他就已經不會武功了，因此二版將他改為不會武功，實屬必然。

且來看一版到二版的修改。

就由韋小寶往見陳近南說起。

見到陳近南後，韋小寶說起與康熙皇帝共擒鰲拜之事。

聞韋小寶之言，一版總舵主陳近南連連點頭，說韋小寶的武功架式是少林派的，內力卻是崆峒派的底子，問他尊師是哪一位?韋小寶回道：「總舵主好厲害，一眼便瞧出我的功夫來歷。」

陳近南微笑道：「架式是瞧得出的，你行路曲身的模樣，全是少林派的功夫。內功如何，眼睛卻瞧不出了。剛才我手扶你，試了試小兄弟的內力，發覺你學過一些崆峒派的內功，頗覺奇怪。」

二版因要廢去韋小寶的功夫，這段刪為只說陳近南問韋小寶尊師是哪一位？韋小寶道：「我學過一些功夫，可算不得有什麼尊師。老烏龜不是真的教我武功，他教我的都是假功夫。」

而後，陳近南傳授了韋小寶一套內功法門。一版陳近南離去前，還留給韋小寶一本武功冊子，要求韋小寶習練。而後的情節，就是一版到二版的大改寫。

一版接下來的故事是說：陳近南這一門功夫入門極是不易，非有極大毅力，難以打通第一關。韋小寶聰明機警，卻便是少了這一份毅力，第一個坐式一練，便覺艱難無比，興味索然。一覺醒轉，已是半夜，心想：「師父叫我練功，可是他的功夫乏味之極。」翻開那本冊子，見一邊是圖，一邊密密麻麻的寫滿了小字，十個字中倒有九個半不識，歎了口氣，便收了起來。

既然看不懂陳近南的武功秘笈，韋小寶就把海老公遺下的秘笈取出來，依著圖形打坐練功。坐不多時，丹田中便有一團熱氣緩緩升起，心想：「師父說過練功之後，小肚子中會有一團熱氣，怎地依照師父的圖形練，熱氣不出來，一照老烏龜的烏龜功練，馬上便有熱氣？」

瞧著海老公的遺書，將熱氣順著圖中人形身上紅綫盤旋遊走，只覺說不出的舒暢受用，有時熱氣無法走通，便以陳近南所傳的秘訣引導，立時便走通了。

韋小寶只練了九日，便已將海老公遺經上的第一圖練完，只是所用的方法，卻是陳近南所授。每次照著圖中紅綫所示將紅綫在全身游走一周，跟著便出一身臭汗，被褥上淋淋漓漓儘是汗水，卻是說不出舒服受用，身子輕飄飄地，幾乎便欲飛起來一般，他還道上乘內功確須如此修習，其實卻是無意之間，已將兩門截不相同的武功揉合在一起。本來這兩門武功都是極為精微奧妙，初學之人必有明師指點，至不濟修練數年，一無所成，決無互相摻雜之理。但韋小寶一個假師父已死，一位真師父不在身邊，陳近南又沒想到他竟會不識冊子上的說明文字，陰差陽錯，居然會搞得亂七八糟，成為武學中從所未有之奇。

一版這一整段韋小寶練成「武學中從所未有之奇」的故事，二版全刪了。

二版那本武功冊子是在韋小寶至東城甜水井胡同見陳近南時，陳近南才交給他，命他習練。將武功冊子交予韋小寶後，二版增寫了陳近南為韋小寶解毒一事，這段內容為：韋小寶向陳近南說起海大富在湯中對他暗下毒藥之事，陳近南於是以內力為韋小寶解毒，而後，韋小寶到茅房拉了腥臭的稀屎，毒也就解了十之八九。

陳近南又給了韋小寶十二粒解毒靈丹，要他分十二天服下，餘毒即可驅除乾淨。

二版這段增寫，是因一版海大富對韋小寶下毒，金庸卻忘了幫韋小寶解毒，因此增寫這段，前後才能相扣。

而後，二版說起韋小寶練功之事，情節是：陳近南這一門功夫極是不易，非有極大毅力，難以打通第一關。韋小寶聰明機警，卻便是少了這一份毅力，第一個坐式一練，便覺艱難無比，昏昏欲睡。韋小寶轉念一想，反正練不練武功，將來天地會都會對他過河拆橋，不如就不練了。

經過二版之後，一版那「武學中從所未有之奇」的韋小寶就消失了，二版只有無賴流氓的韋小寶，沒有武功高強的韋小寶。

一版接著又說，如此又過了一月餘。韋小寶在海老公遺經的七十二幅圖畫之中，已練成了二十一幅，自覺身輕體健，步履迅捷。

二版自是將這段刪除了。

總而言之，經過二版的改寫，韋小寶被廢去了武功，於是就從一版的「武功高手」，變成了二版只會「神行百變」的小滑頭。

【王二指閒話】

向來以「融歷史於武俠」為創作技法的金庸，將歷史融入武俠小說的方法，概略說來有以下幾種：

一、將歷史事件橫植入武俠故事中：有些歷史史料明明與武俠故事毫無干係，金庸卻將之橫植入武俠小說。如《射鵰》以偌大篇幅敘述鐵木真收服哲別之事、鐵木真擊敗王罕與札木合之事，及成吉思汗延請丘處機講述長生延年之術，這些情節都是在講述歷史故事，與全書並無必要關聯。而之所以要將歷史植入小說，乃是為了增加小說的真實感。

二、捏造歷史事件，以為武俠故事之用：如《神鵰》忽必烈南攻襄陽，捕獲大小武以為威脅郭靖之用；又如《倚天》朱元璋率兵上少林寺，逼張無忌交出「教主」之位，以讓朱元璋成為明教反元起義的領袖；再如《天龍》耶律洪基率大軍南侵大宋，卻為蕭峰死諫，因而罷去南征之舉。這些情節都是以真實的歷史人物創造出虛構的歷史事件。

三、竄改歷史事件，以營造虛構人物的功績：如在《神鵰》中，為了將郭靖守襄陽與蒙古大汗蒙哥死於攻重慶之役兩事合而為一，金庸將蒙古大汗蒙哥陣亡之處，由史實的重慶改為襄陽，如此便能創作楊過助郭靖守襄陽，並殺了大汗蒙哥之輝煌戰績。

四、真實的歷史事件完成於虛構人物的虛構事件：如《射鵰》成吉思汗攻花剌子模國，乃是因郭靖以「革傘」戰術先攻入撒麻爾罕城，因而能滅其國；再如《倚天》張無忌以「三小令五大令」約束明教諸高手，不奪革命之功，朱元璋才能順利取得革命果實，成為明朝太祖。這類情節是要讓虛構人物對歷史造成重大影響。

五、虛構人物參與真實的歷史事件：如《射鵰》完顏洪熙與完顏洪烈（一版完顏永濟與完顏烈）至蒙古封鐵木真為「北強招討使」，郭靖是觀看金國天使的孩童之一，如此一來，虛構的人物便參與了真實的歷史事件。

金庸在《鹿鼎》後記中有言：「《鹿鼎記》已經不太像武俠小說，毋寧說是歷史小說。」在《鹿鼎》中，金庸大幅引用歷史，以為小說之用。如第一回大肆鋪陳「明史文字獄」案件，就是「將歷史事件橫植入武俠故事」；而韋小寶擒鰲拜，乃是「虛構人物參與真實的歷史事件」；至於韋小寶水灌雅克薩城，俘虜圖爾布青，簽訂〈尼布楚條約〉，則是「真實的歷史事件完成於虛擬人物的虛構事件」；而將康熙姑母建寧公主改為康熙之妹，以讓韋小寶參與建寧公主下嫁吳應熊之事，便是「竄改歷史事件，以營造虛構人物的功績」；再說到顧炎武等人公推韋小寶領頭反清，日後便能當上皇帝，即是「捏造歷史事件，以為武俠故事之用」。各種改造歷史材料為武俠小說所用的技巧，均在《鹿鼎》中多次使用，《鹿鼎》中的歷史與武俠因此交融成一體，故而金庸說《鹿鼎》「毋寧說是歷史小說」。

第八回還有一些修改：

一．陳近南問韋小寶可願意加入天地會，一版說韋小寶在揚州茶館之中，也常聽人說起天地會的英雄事蹟，早就十分仰慕。二版刪了此事，畢竟談論天地會是犯禁之事，揚州茶館中的人應該不會冒著殺頭之險，常常談天地會。

二．說起「青木堂」，一版陳近南道：「青木堂是我天地會中極重要的堂口，統管江南各府州縣。」二版為求與小說情節相契，改為陳近南道：「青木堂是我天地會中極重要的堂口，統管江南、江北各府州縣，近年來更漸漸擴展到了山東、河北，這一次更攻進了北京城裡。」二版所述青木堂轄區才符合小說情節，在第七回的情節中，青木堂曾在北京侵入康親王府，擒殺鰲拜，可見青木堂確實有在北京城活動。

三・一版此回說少林寺方丈法號「明性大師」，二版改為「晦聰大師」。

第九回還有一些修改：

一・二版韋小寶要向徐天川買的是「去清復明膏藥」，但「去清復明」的「反意」著實太明顯，新三版因此將膏藥之名改為「清毒復明膏藥」。

二・二版青木堂諸人稱徐天川，時為「徐大哥」，時為「徐三哥」，新三版一律稱為「徐三哥」。

三・二版盧一峰是「雲南大理人」，新三版改為「雲南劍川人」。

四・一版說高彥超隸屬「宏化堂」，此處是錯誤，二版改為隸屬「青木堂」。

五・一版說徐天川隸屬「參太堂」，此處也是錯誤，二版改為隸屬「青木堂」。

六・錢老闆問韋小寶甚麼時候送豬進來，一版說韋小寶心想從御書房下來，已將申時，便道：「未末申初，你送來吧！」但「申時」是下午三點到五點，這也太晚了，二版改說韋小寶心想從上書房下來，已將午時，便道：「巳末午初，你送來罷！」新三版再改為韋小寶心想從上書房下來，已將午時，便道：「午末未初，你送來罷！」新三版韋小寶估算的時間當是更穩妥的。

七．高彥超領韋小寶至一家藥店，一版說韋小寶見招牌上寫著三個字，卻是一個也不識。二版將「三個字」增為「五個字」。一版的「三個字」當是「回春堂」，二版的「五個字」則是「回春堂藥店」。

八．一版說白寒楓是「三十來歲的漢子」，二版減歲為「二十六七歲的漢子」。

九．見到白寒松屍身，二版較一版增寫，韋小寶一見到死人面容，大吃一驚，那正是在蘇北道上小飯店中見過的，那人以筷子擊中吳三桂部屬，武功高強，想不到竟會死在這裡，隨即想到對方少了一個厲害角色，驚奇之餘，暗自寬心。此處增寫是要與第二回的增寫相呼應。

十．一版雷一嘯問白寒楓：「普天下天地會的會眾，少說也有四五十萬，你殺得完麼？」二版將「四五十萬」減為「二三十萬」。

十一．一版樊綱等人稱蘇岡為「蘇三俠」，二版改稱「蘇四哥」。

十二．一版此回玄貞道人稱風際中為「風六哥」，二版改稱「風二哥」。

韋小寶猛摑沐劍屏耳光——《鹿鼎記》第十回、第十一回版本回較

一版韋小寶是個會掌摑沐劍屏的暴力惡男，二版則將韋小寶的形象改變了，且來看一版到二版的修改。

就由錢老闆將沐劍屏藏在「茯苓花雕豬」中，運至韋小寶屋中說起。

一版說沐劍屏十三四歲，二版增為十四五歲，新三版又減回十三四歲。

錢老闆將已被點穴的沐劍屏抱至床上後，便告辭離去。

看著沐劍屏，一版韋小寶笑道：「你是郡主娘娘，很了不起，是不是?你奶奶的，老子才不將你放在眼裏!」走上前去，左一記，右一記，拍拍兩響，打了她兩記耳光。小郡主雪白的雙頰登時腫了起來，兩行淚珠從她眼中滾出。韋小寶喝道：「不許哭!老子叫你不許哭，就不許哭。」可是小郡主的眼淚流得更加多了。韋小寶怒罵：「辣塊媽媽，臭小媽皮，你還倔強!」左右開弓，又打了她兩下，抓住她的頭髮，將她上半身提了起來，喝道：「你還哭不哭?」小郡主流淚不止。韋小寶道：「睜開眼睛來，瞧著我!」

這就是一版對沐劍屏施暴摧殘的韋小寶。

二版則將韋小寶改得憐香惜玉多了，這段改為韋小寶笑道：「你是郡主娘娘，很了不起，是不是？你奶奶的，老子才不將你放在眼裡呢！」走上前去，抓住她右耳，提了三下，又捏住她鼻子，扭了兩下，哈哈大笑。小郡主閉著的雙眼中流出眼淚，兩行珠淚從腮邊滾了下來。韋小寶喝道：「不許哭！老子叫你不許哭，就不許哭！」小郡主的眼淚卻流得更加多了。韋小寶罵道：「辣塊媽媽，臭小娘皮，你還倔強！睜開眼睛來，瞧著我！」

二版韋小寶調皮搗蛋，卻不是一版那個會掌摑女人的惡漢。

【王二指閒話】

金庸筆下的美女依其出身可以概分為幾類：

一、「公主型」美女：在傳統小說中，最引男人遐思的美女，無非是出身宮庭的「公主」。金庸創造筆下美女時，也有多位「公主型」美女，包括《書劍》香香公主、《碧血》阿九、《射鵰》華箏公主、《倚天》趙敏、《天龍》西夏公主李清露及《鹿鼎》建寧公主與沐劍屏等。

說來「皇族」就是「美女」的保證，此因王公貴族會納為妻妾的，理當都是美女，因此生下來的「公主」或「郡主」，亦多是美女。

二、「豪門明珠型」美女：許多武林大豪的掌上明珠，亦都是美女，包括《碧血》夏青青、《射鵰》黃蓉、《神鵰》公孫綠萼、一版《倚天》周芷若（周子旺之女）、《笑傲》任盈盈及《飛狐》苗若蘭等。

武林大豪自有魅力娶回美女，因此，「武林大豪」的女兒是絕代佳人，也是合理之極。

三、「得美女母親遺傳型」美女：按照「遺傳學」的理論，美女的DNA會遺傳給女兒，因此美女的女兒也會是美女。

「美女之女」包括《神鵰》黃蓉的女兒郭芙及郭襄、《倚天》黛綺絲的女兒小昭、《天龍》王夫人的女兒王語嫣、秦紅棉的女兒木婉清、甘寶寶的女兒鍾靈、阮星竹的女兒阿朱阿紫及《鹿鼎》陳圓圓的女兒阿珂等。

而除了這些出身王公貴族、武林豪門或母親是美人的美女外，武林中還有不少美女，比如《神鵰》小龍女與程英、《鹿鼎》雙兒等人，全都是絕色美女。

因為絕代佳人在金庸書系中比比皆是，因此，姿色稍平庸一些的女俠，比如《神鵰》陸無雙、《倚天》殷離或《飛狐》程靈素，不管再怎麼心儀大俠，或再怎麼付出，都難敵美女的姿色優勢，也難以獲得俠士的青睞。

金庸從不明言筆下俠士好色，然而，當諸多女伴們在俠士身邊時，俠士會選擇為情人或伴侶的，必是美女。若說「美色」不是俠士們擇偶的因素，只怕也無人能信了。

第十回還有一些修改：

一．沐劍屏聽韋小寶之言眨眼，二版韋小寶大喜，道：「我只道沐王府的人既姓沐，一定個個是木頭，呆頭呆腦，什麼都不會，原來你這小木頭還會解穴。」新三版將韋小寶話中的「呆頭呆腦」改為「木頭木腦」，以求詞意順暢。

二．康親王與韋小寶點戲時，新三版較二版加解釋說，其時康熙年間，北京王公貴人府中演戲，戲子乃是崑班，擅演武戲。

三．一版錢老闆稱沐劍聲為「沐王爺」，二版改稱「沐公爺」。

四．要藏妥沐劍屏，二版較一版加寫錢老闆問道：「韋香主的臥室在裡進罷？」韋小寶點點頭。錢老闆俯身抱起小郡主，走到後進，放在床上。房中本來有大床、小床各一，海大富死後，韋小寶已叫人將小床抬了出去。他隱秘之事甚多，沒要小太監住在屋裡服侍。

五．韋小寶說要為沐劍屏解穴，便手指他右邊胸部，一版說韋小寶「年紀雖小，可從小生來便壞。」二版刪此性格描述。

六．解不開沐劍屏被點之穴，一版說韋小寶的內功本就平平，點穴解穴之法從未練過，這麼亂攪一通，又怎解得開小郡主的穴道？二版將「韋小寶的內功本就平平」一句改為「韋小寶既無內功」。

七．韋小寶在康親王府見到的兩個滿州大官，一版是北京九門提督佳多與索額圖，二版將「北京九門提督佳多」改為「新任領內侍衛大臣多隆」。

八．一版佳多對康親王說起：「想那一年咱們滿洲武將在遼陽較技，攝政王親自監臨，王爺和小將都得到攝政王的賞賜。」二版將佳多改為多隆，一版佳多說的「咱們滿洲武將在遼陽較技」，二版改為多隆說「咱們滿洲武將在大校場較技」。

九．神照上人擊不倒楊溢之，一版說楊溢之連接了神照上人五招，始終沒還一招半式，好整以暇，行若無事。二版改為楊溢之站直身子，躬身還禮，說道：「大師拳腳勁道厲害之極，在下不敢招架，只有閃避。」二版更顯楊溢之的氣度。

十．康親王府賭錢的軍官，一版叫「胡百勝」，二版改姓為「江百勝」。一版胡百勝自稱是「天津衛總兵」，二版江百勝則自稱是「記名總兵」。

第十一回還有一些修改：

一．二版說方怡約莫十七八歲年紀，新三版將方怡減了一歲，改為約莫十六七歲年紀

二．韋小寶引十幾名侍衛到他窗前看他「殺死」的侍衛，侍衛們說韋小寶立了大功。一版韋小寶笑道：「功勞也沒有什麼，這刺客本來已受了傷，殺他很容易。」二版改為韋小寶笑道：「功勞也沒什麼，料理一兩個刺客，也不費多大勁兒。要擒住『滿洲第一勇士』鰲拜，就比較難些了。」眾侍衛自然諛詞如潮。二版韋小寶的說詞更符合他善吹噓的性格。

三．為方怡治傷後，韋小寶又向方沐二女調笑，一版韋小寶道：「將來傷癒之後，她胸脯好看得不得了，有羞花閉月之貌，別人卻瞧不見。」沐劍屏嗤的一笑，道：「你真說得有趣。」二版改為韋小寶道：「將來傷癒之後，她胸脯好看得不得了，有羞花閉月之貌，只可惜只有我兒子才瞧得見。」沐劍屏嗤的一笑，道：「你真說得有趣。怎麼只有你兒子才……」韋小寶道：「她

餵我兒子吃奶，我兒子自然瞧見了。」方怡呸的一聲。沐劍屏睜著圓圓的雙眼，卻不明白，方師姊為什麼會餵他的兒子吃奶。二版韋小寶說話更見調笑功力。

四．瑞棟前來尋韋小寶，一版韋小寶心想：「我若不開門，看來他會硬闖。這兩個臭小娘又都受了傷，逃也來不及了。只好隨機應變，聽腳步聲似乎只他一人，我冷不防的下手殺了他，挨得一時是一時。」二版韋小寶沒有高明的武功可殺瑞棟，這段二版改為：韋小寶心想：「我如不開門，看來他會硬闖。這兩個小娘又都受了傷，逃也來不及了。只好隨機應變，騙了他出去。」二版韋小寶機智應變，這才是他的真作風。

五．在瑞棟身上發現《四十二章經》，一版說到此刻為止，韋小寶已看到五部《四十二章經》，眼下三部在太后手中，自己則有兩部。二版將五部「四十二章經」改為四部，少的即是海大富那一部。

六．一版韋小寶初見方怡時，沐劍屏說方怡姓「方」，韋小寶登時想起那日在蘇北道上遇到了沐王府中姓方的一男一女，茅十八嚇得魂不附體，用鞭子抽得自己全身是血，只是那女子比方怡大著好幾歲。韋小寶便道：「她姓方，我當然知道。我還有個大姨子、有個大舅子呢？」小郡主奇道：「什麼大舅子、大姨子？」韋小寶道：「她有個姊姊、有個哥哥，是不是？那就是我的大姨子、大舅子了。」小郡主更加奇怪了，道：「原來你們是親戚。」二版刪去了方家這對姊弟，這段改為韋小寶登時想起沐王府中的「劉白方蘇」四大家將來，便道：「她姓方，我當然知道。什麼聖手居士蘇岡，白氏雙木白寒松、白寒楓，都是我的親戚。」

七．韋小寶問方怡可帶有刻字的兵刃，一版方怡摸出一把柳葉刀。二版將「柳葉刀」改為「長劍」。

雙兒知道韋小寶最愛的女人是她
——《鹿鼎記》第十二回～第五十回版本回較

《鹿鼎記》自第十二回以後，直至第五十回，不論一版改為二版，或二版改為新三版，都沒有大幅修改之處。在這三十九回中，二版改版為新三版較一版改為二版更動之處稍多。新三版更改的重點有幾，一是將二版出身西藏的桑結等喇嘛改為出身青海，二是翻轉二版喇嘛教的負面形象，三是強調雙兒是韋小寶心中最重要的女人，四是康熙正式封韋小寶為建寧公主的額駙，五是修正韋小寶子女的出生順序。

經過修改之後，新三版《鹿鼎記》幾無破綻，整個故事因此更為圓融。

且來看看第十二回到第五十回的修改之處：

第十二回的修改之處：

一・一版假太后打了韋小寶三掌「化骨綿掌」後，告訴韋小寶：「明天早晨，你先到慈寧宮來，我給你三十顆丸藥，每天服一顆，這三十天之中，擔保你死不了。三十顆丸藥吃完後，我又會給你三十顆。」韋小寶則回太后：「奴才天天求菩薩保佑太后長生不老，壽比南山。否則的話，太后若是有什麼傷風咳嗽，沒來得及賞賜丸藥，奴才……奴才也就成了短命……短命小烏龜啦。」二版將這段刪了，或因這樣的說法，「化骨綿掌」的解法即與「豹胎易筋丸」太雷同。

二．一版韋小寶向康熙說，他與沐家的「橫掃千軍」這招過招，用的是武當武功「綿掌」中的「飛雲手」，二版配合第四回的修改，將「武當武功『綿掌』中的『飛雲手』」改為「武當派的武功『仙鶴梳翎』」。

三．一版說多隆是鑲藍旗滿州都統，二版改說多隆是滿州正白旗的軍官。

四．一版楊一峯，二版改姓為盧一峯。

五．一版錢老闆第二次送進給韋小寶的豬是「地黃人參豬」，二版改為「燕窩人參豬」。

第十三回還有一些修改：

沐劍聲約天地會見面之所在，一版是西坑子胡同，二版改為朝陽門內南豆芽胡同。

第十四回的修改之處：

一．二版說李西華約莫二十三四歲，新三版改為約莫二十五六歲。

二．二版多隆說，沐王府吳立身等三人再宮裡關了一日一夜，新三版改為關了兩日兩夜。與李西華過招的天地會與沐王府四大高手中，一版風際中，二版改為關安基，或因風際中最後將被寫成反面人物，亦即清廷臥底，因此須減少他所為的正面之事。

三．一版陳近南問韋小寶武功進境如何，韋小寶推說頭痛肚痛無法練功。陳近南搭韋小寶脈門，問：「你既受重傷，又中了劇毒，怎麼小小年紀，和兩位大高手結上了冤家？」韋小寶說他是被海老公即太后所害，又說起太后對他拍了「化骨綿掌」，並要他每日服藥丸之事，陳近南要韋小寶拿太后的藥丸給他看，韋小寶於是取出藥丸給陳近南。陳近南取一顆藥丸投入口中，細細咀嚼後，一口吐在地下，罵道：「這老婊子！這藥丸中有毒，她要慢慢毒死你。」

而後，韋小寶說起那晚聽得海老公與太后的對話，陳近南聽聞後，說：「一個是崆峒派的，一個卻是蛇島上的功夫，這兩人潛伏在皇宮之中，只怕另有重大圖謀。」

四．一版改寫為二版時，這段故事配合第十二回刪除太后要韋小寶每日服用藥丸之事，全段刪去了。此外，由這段情節可知，不論第六回設定的太后是「假太后」還是「真太后」，此回都已經確定太后即是出身蛇島的「假太后」。

五・一版說柳燕是四十五六歲，二版減為三十五六歲。

六・一版柳燕以兩根手指拿住韋小寶左手食指一夾，將韋小寶第一節指骨捏得粉碎。但這麼一來，韋小寶豈不是成了輕殘人士？二版因此將「第一節指骨捏得粉碎」改為「險些將他指骨也捏碎了」。

七・韋小寶要帶同方怡、沐劍屏離開皇宮時，因考慮方怡身上有傷，於是將護身寶衣給方怡穿，二版刪除了這段大見韋小寶憐香惜玉的情節。

第十五回的修改之處：

一・二版高彥超，時而「高彥超」，時而「馬彥超」，新三版一律稱為「高彥超」。

二・韋小寶對著空棺材哭，高彥超問棺中義士尊姓大名，二版韋小寶說是「海桂棟」，即將海大富、小桂子、瑞棟三個人名字各取一字，韋小寶心道：「我殺了你們三人，現下向你們磕頭行禮。」此處金庸弄錯了，海大富並不是韋小寶所殺，而是假太后殺的。新三版因此改為韋小寶說棺中人是「史桂棟」，即將史松、小桂子、瑞棟三個人名字各取一字。這三人確實都是韋小寶所殺。

三．一版「快馬」褚三，二版改姓為「快馬」宋三。

四．一版徐天川說陶紅英揮鞭趕騾的功夫是「『擒龍縱鶴』的上乘內功」，二版改說是「高明武功」。

五．一版方怡要前往石家莊前，將護身寶衣還給韋小寶，二版因第十四回無韋小寶將護身寶衣給方怡穿之事，因而也刪去這段情節。

六．一版陶紅英說她見到韋小寶在客店內拿著一件內衣，呆呆出神，不知在想甚麼心思。韋小寶給她說得滿臉通紅，想起昨晚自己拿著這件內衣（護身寶衣）之時，心中在想這件衣服本來穿在方怡身上，現在自己穿上，倒如是緊緊抱著方怡一般。二版因無韋小寶將護身寶衣借給方怡之事，也將這段韋小寶藉護身寶衣性幻想之事，改為陶紅英說她見到韋小寶在換衣服，韋小寶登時滿臉通紅，因他在抹身（洗澡）時，曾想像如果方怡當真做了自己老婆，緊緊抱著她，那是怎麼一股滋味，當時情思蕩漾，情狀不堪。

第十六回的修改之處：

一．一版神龍教章老三等人問徐天川有沒有看到韋小寶，問的是：「在道上可見到一個十五六歲的小太監？」二版韋小寶減了一歲，從十五六歲減為十四五歲，新三版韋小寶再減一歲，從從十四五歲減為十三四歲。但隨後章老三又說：「聽說這桂公公只是個十三四歲的小孩童。」此話則是三個版本都一樣的。

二．劉一舟說韋小寶卑鄙無恥，最會使蒙汗藥，吳立身大怒，打向劉一舟，一版吳立身使的是一招「朝天子」，二版改為「碧雞展翅」，改寫的原因是要與劉一舟同為「沐家拳」的招式「金馬嘶風」相對應。

三．神龍教假扮宮女者，一版名為鄧炳南，二版改名鄧炳春。

第十七回的修改之處：

一．二版說雙兒大約十四五歲年紀，新三版減了一歲，改為約十三四歲年紀。

二．關於雙兒的出身，新三版教二版增說，莊三少奶告訴韋小寶：「雙兒的父母，也是給鰲拜那廝害死的。她家裏沒人了，她雖給我們做丫頭，其實是好人家出身。」韋小寶回道：「他斯文有禮，一見便知道。」

三．韋小寶與雙兒前往五台山的路上，二版有段故事是，有三位五台山菩薩頂大文殊寺的喇嘛，意欲搶雙兒的那串明珠，卻被雙兒出手擺平了。三名喇嘛告訴韋小寶，他們的師父命他們到北京送信，韋小寶取出信一看，是兩行藏文，他問喇嘛信中所寫為何，一名喇嘛說，信中說的是「要找的那個人（即順治皇帝），我們找來找去找不到，一定不在五台山上。」這一整大段新三版全刪除了。

四．至清涼寺藉故生事，欲尋順治皇帝的喇嘛，二版說是來自西藏，新三版改為來自青海。

五．韋小寶要送禮物給清涼寺僧人，並藉此尋找順治皇帝，一版清涼寺澄光方丈道：「本寺只有四百來人，請施主留下四百五十份物品。」二版改為澄光方丈道：「本寺只五十來人，請施主留下五十六份物品就是。」

六．一版皇甫閣說澄光方丈「般若掌」、「迦葉手」功夫獨步武林。佛光寺方丈心溪聞言，心想：「聽說『般若掌』和『迦葉手』都屬少林七十二絕技，這個死氣活樣的老和尚難道具此驚人武功？只怕這位皇甫先生是有意譏刺於他。」這段二版刪除了。

七．一版巴顏對澄光方丈說：「我從西藏帶了個小徒兒出來，名叫音住，聽說是你們廟裡給扣住了。」二版刪去「名叫音住」四字，巴顏這小徒兒在二版並無名號。

第十八回的修改之處：

一．順治皇帝的法號，二版是行痴，新三版改為行癡。

二．一版說順治皇帝約莫四十歲年紀，二版更正為符合史實的三十來歲年紀。

三．韋小寶說起太后以「化骨綿掌」殺了端敬皇后董鄂妃，一版說順治聞言，想起董鄂妃死前數日，連小指頭兒也不能動彈，將她抱在懷裡，軟綿綿的似乎全身沒有骨骼，只道她病重體弱，沒有力氣。二版將這段描述董鄂妃中了「化骨綿掌」後的狀況全段刪除了。

四．一版胖頭陀矮尊者，通稱「矮尊者」，二版改稱「胖頭陀」或「胖尊者」。

五．一版韋小寶像胖頭陀矮尊者說，玉林老和尚知道怎麼把胖頭陀變回又矮又胖，胖頭陀聞言，大吃一驚，問：「玉林老和尚在清涼寺中？」韋小寶叫胖頭陀自已去看，胖頭陀大怒，叫道：「我幹嘛去看？他奶奶的，老子死也不去。」韋小寶道：「那部四十二章經，就是玉林老和尚交給我的，你不去見他，他就會來見你。」突然之間，胖頭陀怒發如狂，對韋小寶叫道：「玉林老和尚若上峯來，老子先一把將你捏死。老子言出如山，說過了就一定幹。」韋小寶不知胖頭陀為甚麼對玉林老和尚如此痛恨。一版這段故事理當是胖頭陀與玉林老和尚曾有過節的伏筆，但因此伏筆並無下文，二版因此全段刪除了。

第十九回的修改之處：

一．一版洪教主夫人蘇荃是二十八九歲，二版改為二十三四歲，新三版再比二版減一歲，改為二十二三歲。

二．少林十八羅漢從清涼寺護送韋小寶與雙兒回北京時，一版有段故事是，澄心對韋小寶說：「恕老僧直言，小施主身上似乎中了某種奇毒。老僧暗中曾試加化解，卻無顯效，實不知是何緣故。」韋小寶於是說起被海大富下毒及中了太后掌力之事，雙兒聞言，告訴韋小寶：「少爺，我們過幾天就去少林寺，請大和尚給你治好。」韋小寶道：「很好！那個澄通小和尚跟我最談得來，我原是要去跟他玩玩。」少林十八羅漢之中，澄通年紀最輕，還只二十四歲，但他天資穎悟，用功又勤，武功卓絕，居然已列十八羅漢，和韋小寶甚是投緣。二版韋小寶所中之毒已於第八回由陳近南解毒，因此這段二版全數刪除。

三．韋小寶在神龍島遭蛇吻，中了蛇毒，救了韋小寶的漢子，一版名為潘雄，二版刪去其名，稱其為姓潘的醜漢。

四．陸高軒準備自殺用的紅色藥丸，一版叫「毒龍丸」，二版改為「升天丸」。

五．一版韋小寶初見洪教主時，青衣漢子先領眾誦唸：「金丹造化妙難言，玄微道理誰分辨？」再唸：「幸遇明師指，抉破水中天。先教咱：守定玄關，盤膝坐；調神理炁，除思慮，塞兑垂簾。次教咱：鼓動巽風，搬運水火，守固真精，保定元陽，撥轉天關。又只見：黃河水，滔滔逆流，從湧泉，灌尾閭，至夾脊，升上泥丸。過明堂，入華池，神水漸漲。下重樓，入絳宮，直至丹田。這才是，築基煉己，從今後，住世延年。」這一篇頌文出自張三丰所著《玄要篇》，借來為邪教所用，實有不妥。二版改為青衣漢子先領眾誦唸：「眾志齊心可成城，威震天下無比倫！」再唸：「教主仙福齊天高，教眾忠字當頭照。教主駛穩萬年船，乘風破浪逞英豪！神龍飛天齊仰望，教主生威震八方。個個生為教主生，人人死為教主死，教主令旨盡遵從，教主如同日月光！」

第二十回的修改之處：

一·一版黑龍使向洪夫人稟告，黑龍使派到皇宮中取《四十二章經》的六人，已有宋明義、柳燕二人殉教身亡。二版將「宋明義」更正為「鄧炳春」。

二·一版白龍使名為張志靈，二版改姓為鍾志靈。

三·神龍教教主教眾集體中毒，一版陸高軒問此毒是「十香軟筋散」？「千里銷魂香」？或「化血腐骨粉」？二版將與《倚天》趙敏所使毒藥同名的「十香軟筋散」改為「七蟲軟筋散」。

四·洪夫人對青龍使說：「青龍使，你沒力氣了，你腿上半點力氣也沒有了……」青龍使即坐倒。一版黃龍使道：「夫人迷魂大法，真是威力無窮。」二版刪去黃龍使此話。一版屢次提起洪夫人善使「迷魂大法」，二版不再強調此事。

五·一版洪教主給韋小寶、陸高軒、胖頭陀三人服下的藥丸叫「毒龍易筋丸」，二版改名「豹胎易筋丸」。

六·洪教主教韋小寶的「英雄三招」，取名自魯智深倒拔垂楊柳的第二招，一版叫「智深拔柳」，二版改為「魯達拔柳」。第三招一版叫「狄青降駒」，二版改名「狄青降龍」。

七．一版韋小寶三人服過「毒龍易筋丸」後，陸高軒問韋小寶，教主有沒有傳他鍛鍊「毒龍易筋丸」的功訣？韋小寶說沒有，而後，陸高軒授韋小寶功訣，即每天打坐半個時辰，將「毒龍易筋丸」所含的靈丹妙藥，散之於周身筋脈穴道。二版改為陸高軒問韋小寶，教主與夫人有沒有說何時要賜給三人「豹胎易筋丸」的解藥？

八．一版矮尊者、高尊者，二版改稱胖頭陀、瘦頭陀。

第二十一回的修改之處：

一．一版陸高軒隨韋小寶至北京後，住在西直門板兒胡同，二版改為住在宣武門頭髮胡同。

二．一版韋小寶進宮後，來到御膳房，御膳房眾太監對韋小寶說：「御膳房沒了公公帶領，什麼事都亂得沒頭蒼蠅一般。」韋小寶笑道：「我也念著大家，御膳房裏留著我的月錢份子，大家拿來分了吧！」眾太監大喜。二版將這段刪除了。

三．一版南書房，二版改為上書房。

四．康熙見到順治皇帝在《四十二章經》上寫的「永不加賦」四字，一版說筆致勁遒，二版改為筆致圓柔。

五・一版說建寧公主十四五歲年紀，二版改為十五六歲年紀。

六・一版假太后見到韋小寶身上的五龍令，得知韋小寶是神龍教白龍使後，拿出一個綠色藥瓶，說：「啟稟尊使，先前屬下無狀，在尊使身上下了毒，綠瓶中的是解藥。」一版假太后在給韋小寶「化骨綿掌」的解藥中下毒一事，至此告一段落。二版因無假太后給韋小寶服毒藥之事，故而也無此段情節。

第二十二回的修改之處：

一・二版說曾柔是十五六歲，新三版減了一歲，改為十四五歲。

二・二版韋小寶制住司徒鶴，使的是一招「飛燕迴翔」，新三版將此招改為「貴妃回眸」。

三・二版王屋派五符，新三版改為符五。

四・一版說阿珂是十七八歲，二版減了一歲，改為十六七歲。

五・一版澄觀以手指彈阿琪的武功叫「彈指神通」，二版改為「一指禪」。

六・韋小寶於少林寺出家時，一版說他服了太后的解毒和補丸後，內毒消解，身材漸高，喉音變粗，已不再是小兒模樣。二版刪去這段韋小寶已然進入「青春期」的描述。

第二十三回的修改之處：

一・二版西藏大喇嘛昌齊大法師，新三版改為青海大喇嘛昌齊大法師。

二・為了制伏阿珂，韋小寶請澄觀教他擒拿手，澄觀於是傳授他「拈花擒拿手」，一版說不到一盞茶時分，韋小寶已將三招「拈花擒拿手」學會，二版則改說韋小寶學了幾天，又懶得學了。此處修改還是要廢掉一版韋小寶的武功。

三・一版說為韋小寶在少林寺由澄觀傳授，過兩個月後，已將阿琪與阿珂兩個女郎的招式拆法記得爛熟。二版改說阿珂武功招式繁多，澄觀所擬的拆法也是變化不少，有些更頗為艱難，韋小寶武功全無根柢，一時又怎學得會？此處修改依然是要廢掉一版韋小寶的武功。

第二十四回的修改之處：

一．述及韋小寶奉聖旨為清涼寺住持一事，新三版較二版增說，佛家廟宇的住持等職司，向由僧團自行推選，不由官府委派，但皇帝有旨，僧寺通常也必遵行，並不違抗。

二．二版韋小寶在清涼寺，聞一喇嘛向另一喇嘛說：「你捨不得大同城裏那小娘兒，是不事？」韋小寶對他們心生好感，心道：「這些喇嘛喝酒逛窯子，倒不假正經。老子真要出家，寧可做喇嘛，不做和尚。」這段或許是過度黑化喇嘛，新三版因此全段刪除了。

三．韋小寶向康熙說起惡喇嘛欲劫持順治皇帝之事，新三版較二版增說康熙道：「我大清向來信奉喇嘛教，西藏活佛教下那些喇嘛深明佛法，良善恭順。」這段增寫是要對西藏密宗及活佛表達善意。

四．二版說前來清涼寺的喇嘛是蒙古喇嘛，二版改為青海喇嘛。

五．二版康熙密審欲劫持順治皇帝的喇嘛後，告訴韋小寶，這些喇嘛是奉了西藏拉薩達賴活佛之命。新三版改為這些喇嘛是奉了塔兒寺活佛之命。新三版康熙還較二版增說：「西藏現下已歸我大清管束，達賴和班禪兩位活佛對我都很忠順，西藏僧俗都虔信佛法，就是五台山上的喇嘛，也一向良善奉佛，青廟黃廟歷來和睦相處。不過喇嘛教派別眾多，雖大多數是好的，但有幾個教派妖邪不正。這次活佛派人想來劫持老皇爺，定是受了邪派喇嘛的蠱惑，或許活佛自己根本不知，是他手下大喇嘛下的命令。」此處改寫與增寫也是要對西藏密宗及達賴活佛表達善意。

六．一版韋小寶至清涼寺當住持時，命雙兒也剃了光頭，扮作了小沙彌，住在方丈的禪房之外一間小室之中。二版雙兒不再剃光頭了，改為韋小寶命雙兒住在寺外的一間小屋之中，以便一呼即至。

七．一版提到澄通今年只二十四歲，但為人精明幹練，頗有治事之能，晦聽方丈有意讓他多經歷練之後，他日繼承少林寺的住持，只是不知他於佛學的修悟、武功的進境是否能與日俱深而已。從一版這段情節可知，澄通本應還有情節發展，但後來澄通並無重要故事，二版因此將這段當「冗情節」，刪除了。

第二十五回的修改之處：

一版崇禎自縊之處是景山，二版改稱煤山。

第二十六回的修改之處：

一．二版呼巴音是西藏喇嘛，新三版改為青海喇嘛。

二．二版說桑結是西藏密宗的第一高手，新三版改說桑結是西藏密宗寧瑪派的第一高手。

三．二版說劉國軒是福建莆田少林寺的俗家高手，新三版將福建莆田少林寺改為福建泉州少林寺。

四．二版說桑結是西藏達賴喇嘛活佛座下的大護法，新三版改說桑結是青海活佛座下的大護法。

五．武林群豪議論如何殺吳三桂之會，一版此回稱「斬龜大會」，第二十七回又改稱「殺龜大會」，二版一律稱為「殺龜大會」。

六．一版說化屍粉「如食於腹中，卻又完全無損。」二版刪去此說。

第二十七回的修改之處：

一．新三版較二版增說，白衣女尼九難知喇嘛教是大乘佛法，弘揚佛義，西藏、青海、蒙古的喇嘛也大都為高僧大德，但自滿清入主中原，寵信喇嘛，教中混入了不少奸惡之徒，違背佛教正義，胡作非為，其實與密教的正宗喇嘛教無關。這段增寫也是要對西藏密宗及喇嘛教表達善意。

二．一版九難見鄭克塽言行，心道：「這位鄭公子徒然外表生得好看，卻沒甚麼才具，但願他哥哥比他英明能幹，否則的話，台灣鄭氏可是後繼無人了。」然而，鄭克塽的哥哥在小說中並未出現，二版因此刪為九難心道：「這位鄭公子徒然外表生得好看，卻沒甚麼才幹。」

三．在小麵店中，青木堂群豪聽韋小寶指示，要出手打鄭克塽時，一版徐天川先說鄭克塽是他徒孫，他說：「他是吳三桂的弟子，吳三桂是我徒弟。」又說鄭克塽是大漢奸施琅的弟子。這整段情節二版全刪除了。

第二十九回的修改之處：

一．馮錫範偷襲陳近南，一版韋小寶對馮錫範等人撒石灰後，持匕首偷襲馮錫範，馮錫範右手小臂在匕首刃鋒上劃過，斷為兩截。二版改為馮錫範未斷手，韋小寶持匕首偷襲馮錫範，馮錫範的長劍斷為兩截。

二．陳近南等人見到關安基死於棺材中，關安基胸口印著一個血紅的手印，一版陳近南失聲叫道：「是施琅！」再一檢視，果然在關安基衣袋中找到一張字條，寫著一行字：「愚弟施琅拜上故人。」二版此段改為陳近南失聲叫道：「馮錫範！」原來關安基是中了馮錫範的崑崙派紅砂掌。二版施琅並無江湖事功。

三．一版從棺材中帶走鄭克塽的是施琅，陳近南因此說必須設法相救，二版改為從棺材中救走鄭克塽的是馮錫範，因而無陳近南提起救鄭克塽之事。

四．一版陳近南說要殺了施琅，為關安基報仇血恨，二版陳近南則未提到要殺馮錫範為關安基報仇血恨。

第三十回的修改之處：

一．楊溢之死前以斷臂在白被單上寫下「吳三桂造反賣國」七個字，新三版較二版增寫，韋小寶命高彥超將此被單收起，日後呈給康熙作證。

二．述及吳三桂外貌，一版說吳三桂不留鬚，二版改為吳三桂鬍鬚白多黑少。

三．一版玄真道人說他家在張家口開設「福昌皮貨行」，二版刪去「福昌」之名，只說是「皮貨行」。

四．一版韋小寶掉包吳三桂的《四十二章經》，是將一部鑲白旗的經書染藍，以掉包吳三桂的鑲藍旗經書，二版改為韋小寶將一部鑲藍旗的經書封皮拆去了所鑲紅邊，以掉包吳三桂的正藍旗經書。

第三十一回的修改之處：

一．建寧公主割了吳應熊那話兒之後，吳三桂為免韋小寶一行回京後，向皇帝搬弄是非，二版說吳三桂預備在廣西境內埋伏，將韋小寶一行全殺了，並嫁禍給廣西的孔四貞。新三版再增說，吳三桂將先派兵掘斷雲貴之間的要道，說是山洪爆發，沖壞道路，教韋小寶不得不改道去廣西。

二．張康年向韋小寶稟告王可兒行刺吳三桂，二版說韋小寶知道王可兒是阿珂的化名，因王可兒即是將「珂」字拆開而成。然而，大字不識的韋小寶怎會知道「珂」字怎麼寫？新三版因此改為韋小寶早知阿珂假扮宮女時，化名為王可兒。

第三十四回的修改之處：

一．二版吳六奇說起孔尚任〈桃花扇〉的〈沉江〉之曲，道：「這首曲子寫史閣部精忠抗敵，沉江殉難，兄弟平日最是愛聽。此時江上風雨大作，不禁唱了起來。」新三版改為吳六奇道：「孔尚任是在下的好友，他心存故國，譜了一套曲子叫〈桃花扇〉，說的是南朝史閣部抗清的故事，這支曲子寫的是史閣部精忠抗敵，沉江殉難。近年來滿清大興文字獄，孔兄弟這套曲子不敢公開布露，在下平時聽孔兄弟唱得多了，此時江上風雨大作，不禁唱了起來。」

二・韋小寶讚吳六奇英雄，二版吳六奇說：「你吳大哥沒甚麼英雄事蹟，平生壞事倒是做了不少。當年若不是查伊璜先生一場教訓，直到今日，我還是在為虎作倀，給韃子賣命呢。」新三版將「查伊璜先生」改為「丐幫孫長老」。

三・說起九難與袁承志的愛情，二版說九難對袁承志落花有意，袁承志卻情有別鍾。新三版則配合《碧血劍》的改寫，此處改為：九難在木桑門下苦苦等候，袁承志卻始終負約不來。原來袁承志以恩義為重，不肯負了舊情人，硬生生的忍心割捨了對九難的一番深情。

四・新三版索額圖談起施琅，較二版增說：「他要打台灣，報仇是私心，其實也有一份為國為民之心。他曾對我說，台灣孤懸海外，曾給紅毛國鬼子佔去，殺了島上不少居民，好容易鄭成功率兵趕走紅毛鬼子，為我漢人百姓出了口氣。鄭氏子孫昏庸無能，佔得台灣久了，遲早又會給外國鬼子佔去，我大清該當先去佔了來，統一版圖，建萬年不拔之基。他這番用心，倒是公忠為國，值得嘉許。」這段增寫是要還施琅一個正面的歷史評價。

五・馬超興說：「台灣國姓爺何等英雄，生的子孫卻這麼不成器。」一版韋小寶說：「他是雜種，不是鄭成功的骨肉。」二版刪去韋小寶這句明顯顛倒是非的輕蔑之詞。

六・一版馬超興外號「西海神蛟」，二版改為「西江神蛟」。

七·在一版第二十九回中，施琅殺死關安基，救走鄭克塽，一版此回呼應第二十九回，述及施琅向韋小寶說，他不久前才見過鄭克塽，韋小寶對施琅說：「那你就該勸他回去幹掉哥哥，自立為王，勸他首先殺了陳永華和劉國軒。」施琅回說，他確實這麼勸過鄭克塽，鄭克塽一口答應，又說起陳永華奉鄭成功之命，在台灣組織天地會，陰謀反叛。施琅還說：「陳永華上次跟鄭克塽同來，不知如何，竟然起心要害死鄭克塽。看來他確想自立為台灣之王，倒也不是隨便誣賴他的。」這段內容明顯悖離事實。二版第二十九回已將救走鄭克塽之人由施琅改為馮錫範，這段因此全數刪除了。

八·一版毛文龍的女兒，即假太后，此回名為「毛惜惜」，但第三十九回又改名為「毛東珠」，二版一律名之為「毛東珠」。

九·一版韋小寶問瘦頭陀怎會落海，瘦頭陀說他先被洪教主夫人的攝魂大法所迷，而後為洪夫人所綁，投入海中。二版刪去此事。

第三十五回的修改之處：

韋小寶與雙兒至鹿鼎山，見鹿鼎山上城寨中有外國兵，一版韋小寶心想，這一定是雙兒拼出地圖後，被陸高軒及矮尊者偷看過，陸矮二人報告洪教主，洪教主又告訴了羅剎鬼子，羅剎兵才會進駐鹿鼎山。二版將韋小寶這段揣想刪除了。

第三十八回的修改之處：

二版建寧公主的居所叫「建寧宮」，新三版改為符合真實的「寧壽宮」。

第三十九回的修改之處：

一．二版阿珂與鄭克塽到麗春院，阿珂喚鄭克塽「哥哥」，韋小寶聽了酸氣滿腹，心道：「他媽的好不要臉，連『哥哥』也叫起來了。」這段新三版刪除了。凡二版有阿珂喚鄭克塽「哥哥」之處，新三版一律刪除。

二．阿珂說韋小寶鄭克塽無禮，她恨不得將韋小寶千刀萬剮，二版鄭克塽遂右臂伸將過去，抱住了阿珂身子。阿珂滿臉嬌羞，將頭鑽入他懷禮。這段大顯阿珂與鄭克塽濃情密意的情節，新三版刪除了。

三．在麗春院發現假妓女之一是洪夫人，新三版較二版加寫，韋小寶忍不住在洪夫人櫻唇上輕輕一吻。此外，韋小寶將曾柔搬進內房時，新三版也較二版增說，韋小寶乘機在曾柔嘴上一吻。

四．一版江蘇省布政司並無姓名，二版名為「慕天顏」。

五．一版唱杜牧〈揚州詩〉的歌妓名叫梁玉嬌，二版刪去其名。

第四十回的修改之處：

一版韋小寶計陷吳之榮，找來江蘇總督與巡撫，二版改為韋小寶找的是江蘇省巡撫馬佑與布政司慕天顏。

第四十一回的修改之處：

一．二版說歸辛樹夫婦均年過八旬，新三版改為七旬。

二．二版說歸鍾四十幾歲年紀，新三版改為三十幾歲年紀。

三．二版說何惕守瞧頭髮已有六十來歲，新三版減為五十來歲。總而言之，《鹿鼎記》中的《碧血劍》人物全都減了十歲。

四．韋小寶問何惕守，當年是不是愛上了師父，二版說那時何惕守所暗中愛上的，是那個女扮男裝的師娘，新三版呼應《碧血劍》的修改，刪了此話。

五．一版說雙兒的武功比風際中雖有不如，卻尚在徐天川、高彥超之上。二版刪除了此說。

第四十二回的修改之處：

韋小寶畫圖向康熙示警歸辛樹一家將暗殺皇帝，一版韋小寶用的是顏魯公用臢的墨與唐伯虎定造的筆，二版改為韋小寶用的是褚遂良用臢的墨與趙孟頫定造的筆

第四十三回的修改之處：

一．康熙決意砲轟韋小寶的伯爵府，韋小寶要保護在伯爵府中的雙兒、沐劍屏與曾柔，二版說韋小寶心想雙兒對自己情深義重，那是心頭第一等要緊人。新三版增說為韋小寶心想雙兒對自己情深義重，更是心頭第一等要緊人，比之阿珂尤為要緊。新三版一再增說，在韋小寶七個老婆中，雙兒是他心中最重要的一個。

二．韋小寶令趙齊賢開神武門後，二版說韋小寶暗暗好笑：「老子這一去，那是再也不會回來了，就不知多總管的鬼魂，會不會來傳令開啟宮門？」新三版刪去韋小寶這段頗為冷血無情的心思。

第四十四回的修改之處：

一．韋小寶跟建寧公主藏身高粱叢中，二版韋小寶心想：「倘若身邊不是這潑辣公主，卻是阿珂，那可要快活死我了。」新三版改為韋小寶心想：「倘若身邊不是這潑辣公主，卻是阿珂或雙兒，那可要快活死我了。」新三版屢次強調雙兒才是韋小寶的最愛。

二・在神龍島上，洪夫人瞧著沐劍屏等四女，二版韋小寶說：「夫人，這四個小妞，你只要傷得一人，我立刻自殺。」新三版增寫為韋小寶說：「夫人，這四個小妞同你一樣，都是我的心肝寶貝，你只要傷得其中一人，我立刻自殺。」可知新三版韋小寶此時已認了洪夫人是他的心肝寶貝之一。

三・韋小寶與諸女比年齡大小，二版說曾柔、沐劍屏和韋小寶三人同年，曾柔大了他三個月，沐劍屏小了他幾天。新三版更正為：韋小寶不知自己生日，瞎說一通，說曾柔、沐劍屏和他三人同年，還說曾柔大了他三個月，沐劍屏小了他幾天。

四・一版曾柔拿出當年在王屋山向韋小寶要的三枚骰子，二版改為二枚骰子，新三版再改為四枚骰子。

五・韋小寶一行到通吃島上，新三版較二版加寫，韋小寶心中最在意的是雙兒和阿珂二人，這二人卻偏偏不在身邊。此處也是要強調雙兒在韋小寶心中的地位。

六・一版此回述及神龍教人物，有黃龍使陳伯剛，陳伯剛當是誤寫，二版更正為黃龍使殷錦。

七．在通吃島上，韋小寶身上找不到骰子，一版說這是因為陸高軒在搜查韋小寶之身時，將韋小寶身上的兩顆骰子隨手拋了。要知神龍教教規甚嚴，戒律甚多，賭博亦屬禁例，陸高軒一見骰子，立起厭憎之心。二版刪除了此說。

八．韋小寶同意風際中殺鄭克塽，一版阿珂急道：「小寶，你不能讓人殺他。我答應永遠……永遠跟著你便是。」韋小寶則裝作沒聽見。可知一版直到此刻，鄭克塽雖負了阿珂，阿珂仍深愛鄭克塽。二版將此段刪除了。

第四十五回的修改之處：

關於韋小寶諸老婆的生產順序，二版說阿珂先產下一子，次日蘇荃又產下一子。建寧公主卻隔了一個多月，才生下一女。此處明顯是錯誤，因為最早跟韋小寶有性關係，也最早受孕的明明是建寧公主。新三版因此更正為，建寧公主先產下一女。過了幾天，阿珂產下一子。後來蘇荃又產下一子。二版韋家孩子是老大韋虎頭，老二韋銅鎚，老三韋雙雙，新三版則是老大韋雙雙，老二韋虎頭，老三韋銅鎚。兩位哥哥在改版後變成了兩位弟弟。

第四十六回的修改之處：

一．說到明寧靖王自殺，妻妾五人同殉死節，二版韋小寶心想，他若是自殺，老婆不知有幾個相陪，雙兒是一定陪的，公主是一定怨不奉陪的，其餘五個多半要擲骰子，方怡擲骰子時還一定會作弊。新三版韋小寶加想，沐劍屏與曾柔多半也會自願陪死，蘇荃對他也很好，阿珂則很難說。

二．此回新三版叫二版加注說，我國歷來史家拘於滿漢成見，於施琅取台之事大加攻訐，稱之為「漢奸」，本書初作時亦據此觀念。近世史家持中華民族團結一統觀念，對施琅統一台灣之貢獻頗為讚揚。作者為紀念此民族英雄，曾赴泉州施琅之故鄉觀光，目睹當地為施琅塑像海濱，修建「靖海侯祠」，故於本書原來否定施琅處略加修正。明顯修改處即在第三十四回。

三．施琅說康熙皇帝答允撤了台民內遷的旨意後，一版接著說，據史籍所在，當時朝廷決心棄台，已有成議，全仗施琅力爭，大學士李蔚又從中斡旋，這才決定成立官府，派置駐軍。若當年施琅不力爭，清廷將全台軍民盡數遷入內地，則荷蘭人勢必重來，台灣從此不屬於中國版圖了。因此其時雖有不少人指施琅為漢奸，但於中華民族而言，其力排棄台之議，保全此一大片土地於中國版圖，功勞也可說極大。施琅次子施世綸居官清廉，民間稱其為「施青天」，即後世說部「施公案」的主角。施琅六子施世驃，為福建水師提督，也是愛民好官。這一整段二版全刪了，有趣的是，新三版金庸加寫注為施琅平反，但其實金庸在一版就已經為施琅平反了，只是二版將這段平反的段落當冗解釋，刪除了。

四．索額圖說羅剎國攝政王蘇菲亞是韋小寶的老相好，一版韋小寶問索額圖：「皇上怎麼知道兄弟跟羅剎國的攝政女王有一手？皇上明見萬里，難道這種事情也明見了？」索額圖笑道：「這個我就不知道了。想必是兄弟的部屬之中，有人早就啟奏了皇上。」韋小寶一拍大腿，道：「是了，定是風際中這傢伙說的。」這一整段二版刪除了。

第四十七回的修改之處：

一．談起羅剎國，二版康熙說：「那些教士都說，羅剎人欺善怕惡。」新三版改為康熙說：「那些教士都說，世上有兩個國家，出了名的欺善怕惡，一是日本，二是羅剎。」

二．康熙命韋小寶出征羅剎國時，新三版叫二版增寫康熙對韋小寶說：「我的妹子建寧公主跟了你，你叫我做便宜大舅子，這件事也不來計較了。你須得立場大功，方能折過，否則咱們不能算完。我妹子是你正妻，可不能做小妾！」韋小寶七個正妻，只論年紀，不分大小，建寧公主是御妹之尊，總不能做妾，雖非韋小寶所最愛，卻順為正妻。經過新三版此處增寫之後，韋小寶的七個夫人即有了妻妾之分。

三・出征羅剎國時，二版韋小寶戴紅頂子，新三版更正為水晶頂，以符合韋小寶的鹿鼎公身分。

四・二版韋小寶將松杉等樹木做成的水砲叫「白龍水砲」，新三版更名為「小白龍水砲」。

五・韋小寶以水砲攻羅剎國，新三版較二版增說，幸好其時未到最冷時刻，若在嚴寒之時，熱水剛出砲口便凝結成冰，韋小寶這條妙計便沒法施行了。

第四十八回的修改之處：

一・韋小寶與雙兒於羅剎國雅克薩城總督府就寢時，新三版較二版增說，韋小寶告訴雙兒：「在我心裏，一千個中國公主，也比不上我的半個雙兒。」而後，新三版又較二版增說，雙兒清楚知道，天下所有的女子，丈夫最心愛自己，即令阿珂也及不上。這段增寫自也是要說明雙兒是韋小寶心中最重要的伴侶。

二·新三版回末加注說：韋小寶尼布楚訂約一節，乃遊戲文章，年輕讀者不可信以為真。

第四十九回的修改之處：

一·韋小寶簽訂尼布楚條約，凱旋回京後，二版說皇帝下詔韋小寶進爵為一等鹿鼎公，新三版增說為：皇帝下詔韋小寶進爵為一等鹿鼎公，加額駙銜，賜婚建寧公主。經過新三版的增寫後，建寧公主即名正言順成了韋小寶老婆，韋小寶也就是康熙認可的額駙。

二·新三版此回回末加注說：台灣鄭氏降清後，康熙對台灣王臣一直保護周全，直至後世，並無變更。韋小寶欺壓鄭克塽、馮錫範，乃小說家言，並非真實。

第五十回的修改之處：

韋小寶與黃梨洲談到其著作《明夷待訪錄》，新三版較二版增寫韋小寶對黃梨洲說：「你這部書中講到有個美貌姑娘，叫做明明阿姨嗎？」此處增寫是要展現韋小寶的幽默。

迷人又好玩的金庸版本學

打從中學時開始閱讀金庸小說，我就聽聞金庸小說還有修訂前的「舊版」，也非常渴望親睹「舊版」的廬山真面目，卻始終無緣得見。

就在二〇〇一年時，有位武俠小說藏書名家慨讓給我《射鵰》、《神鵰》、《倚天》與《天龍》等幾部一版金庸小說，從此激發出我蒐羅一版金庸小說的決心。在那一年中，只要有時間，我就走訪台灣的舊書肆與租書店，或是逛網路拍賣，慢慢地收集了近乎一整套的一版金庸小說。

二〇〇二年間，我在台灣金庸茶館發表了「台灣金庸小說版本考」一文，完整呈現台灣各式各樣一版金庸小說的版式與封面圖案，這也是我的第一篇金庸版本研究文章。

不過，比起版式與封面圖案，我更希望與金庸讀者們分享的，是不同版本的金庸小說，究竟有哪些差異，於是，在二〇〇六年遠流出版社出齊新三版金庸小說後，我一口氣將三種版本金庸小說讀完，並於二〇〇七年發表了「大俠的新袍舊衫——試論金庸小說的改版技巧」一文，粗略討論金庸小說三種版本的差異，此文獲得了金迷們的廣大迴響。

發表「大俠的新袍舊衫」一文後，我仍感覺意猶未盡，因為金庸改版的精彩之處實在太多，這篇文章實在無法包羅所有改版的妙趣，於是，從二〇〇七年八月起，我在遠流出版社官網「遠流博識網」架設了「金庸版本的奇妙世界」部落格。在這個部落格中，我以逐回逐字比對的方式，與金迷朋友們分享金庸小說的版本差異，並分析金庸的改版技巧。

這個部落格從二〇〇七年八月開張，直到二〇一〇年八月，我陸續完成了《射鵰》、《神鵰》、《倚天》、《天龍》、《笑傲》與《鹿鼎》六部金庸長篇小說的版本回較，部落格格友們始終熱情支持。二〇一〇年八月完成《鹿鼎》版本比較後，我就鮮少貼文，但一直到多年後的今天，這個部落格每天仍都有數百點閱率，可知喜好金庸版本學的同好著實不少。

二〇一三年在潘國森老師鼓勵下，我將「金庸版本的奇妙世界」的《射鵰》、《神鵰》版本回較文章整理後付梓，出版了《彩筆金庸改射鵰》、《金庸妙手改神鵰》兩書。出版後讀者的反應極好，但而後因瑣事繁忙，另幾部金庸小說的版本回較並未出版。

一眨眼過了四年，在二〇一七年時，潘老師向我提起出齊六部小說版本回較的計劃。幾經思慮後，我決定將部落格文章再一次細心整理修改，成為好看的金庸版本專著，於是，經過一段時日的重新整編、校定、改寫之後，《射鵰》、《神鵰》、《倚天》、《天龍》、《笑傲》與《鹿鼎》六部金庸長篇小說版本回較的「書本版」陸續完成，並將逐部出版。

我相信這套書一定會是好看又好讀的「金庸版本學」著作，也相信經過我的穿針引線，讀者們都將全面認識不同版本的金庸小說，也能品味金庸改版時所用的技巧，並體會金庸修訂著作時的用心。

於我而言，閱讀金庸小說真的是很快樂的事，然而，比之閱讀金庸小說，更深的快樂是投入金庸版本的比較，因此，即使這些版本回較文章已經完成，我依然喜歡一再品味同一段故事，不同版本的不同說法。徜徉在版本變革的妙趣中，常常讓我對金庸的巧思會心一笑。

經由改版修改作品的作家很多，但像金庸這樣，大刀闊斧修訂自己成名數十年經典名著的作家則是絕無僅有。我相信「金庸版本學」一定會成為金庸研究中的一門有趣學問，這門學問不只不枯燥，還迷人又好玩。

經由這套書的出版，希望吸引更多朋友們都來閱讀不同版本的金庸小說，大家一起來「玩」金庸版本學，發現更多金庸改版時的巧思！

附錄一：臺灣金庸小說版本考

版本研究向來在小說研究中佔有重要地位。金庸小說的版本研究，自林保淳先生於「金庸小說國際學術研討會」發表〈金庸小說版本學〉論文以來，更廣受金學研究者重視。

金庸小說會有不同版本，乃因金庸於一九七二年完成《鹿鼎記》之後，隨即展開字字斟酌的修訂工作。修訂版於一九八〇年問世，金庸讀者們從此即有所謂「新版」與「舊版」兩種金庸小說，香港作者倪匡、潘國森、楊興安等人都曾為文論及新舊版本差異。不過，「新版」金庸小說並非定本，為求作品「經典化」，金庸在「新版」流通二十多年後，再一次修訂小說，並自二〇〇一年起，逐一推出二次修訂後的作品。原本的「新版」，如今只能稱為「一次修訂版」。

在全世界作家中，金庸的作品可說是版本最多，也最複雜的，中港台三地均有多種金庸版本。最早的「舊版」只有香港跟台灣有，但兩地的版本狀況又頗不相同。以「新版」與「舊版」而言，香港儘管有不同出版社的版式，但內容只有「新版」（一次修訂版）與「舊版」之別；臺灣的金庸小說版本則相對複雜得多，蓋因金庸作品於報上發表時期，臺灣正值戒嚴期間，金庸小說則一直是警備總部列管的「禁書」。不過，在出版商機與讀者喜好的情況下，金庸小說仍在民間偷偷盜印與流傳，然而，因並非正式發行，又為規避法規，臺灣的盜印本金庸小說往往將原著改頭換面，以致版本眾多，樣貌各異。

在此時刻，我們回顧「舊版」金庸小說在台灣流通的狀況，不只可以遙想當年金書「登臺」的困難，也更明白讀者對金庸作品的渴求。

林保淳先生在《解構金庸》書中說：「市面上曾出現過多少種不同的舊版，至今仍無法斷定。」而之所以難以斷定當年出現過多少舊版，乃因目下已極難蒐全舊版金庸小說，至於難以蒐羅舊版金庸小說的原因，除因藏家珍愛不肯外示，更因臺版武俠小說原本都印三十六開版，後來二十五開版成小說普用開式，三十六開版書遂多被淘汰，甚至進了廢紙廠；此外，自金庸正式授權版上市後，盜印書多被湮沒。然而，筆者恐我輩這一代人再不努力蒐羅，舊版本大概難逃不存之運，因而我走南闖北，就教名家，終於整理出應算完整的「臺灣盜印本金庸小說目錄」（如附表）。

從這些舊版金庸小說可以歸納出台灣出版社當年為求發行，而採用的「偷天換日」方法，略說如下：

一、更換書名、作者名，如《射鵰英雄傳》改為司馬嵐著《英雄傳》。
二、更改主角名，如《小白龍》將書中主角由韋小寶改名任大同。
三、更改書中時代，如《簫聲劍影》將《碧血劍》的背景年代由明崇禎改為清順治。
四、故事一樣，但文句、主角通篇改寫，如《至尊刀》改寫自《倚天屠龍記》。
五、直接以舊版印行，作者、書名都沒改，如《天龍八部》。

較之金庸原著的凝練精彩，這些盜印書的改寫實令人發笑，但筆者願版本追溯的完整，為臺灣金庸版本學盡一分力，更收「拋磚引玉」之效。

臺灣地區未取得授權版前金庸小說版本系統

表一：

原書名	盜印書名	署名	出版社	集數	開數	依據版本
射鵰英雄傳	射鵰英雄傳	金庸	時時出版社	不詳	36	舊版
	萍蹤俠影錄	綠文	莫愁出版社出版 小龍書社發行	32	36	舊版
	英雄傳	司馬嵐	吉明書局	27	36	舊版
	射鵰英雄傳	金庸	華源出版社	4	25	修訂版
神鵰俠侶	神雕俠侶	金庸	吉明書局	28	36	舊版
倚天屠龍記	天劍龍刀	司馬嵐	吉明書局	30	36	舊版
	至尊刀	歐陽生	四維出版社	36	36	舊版改編
	至尊刀	歐陽生	四維出版社	5	25	舊版改編
	殲情記	司馬翎	南琪出版社	4	25	修訂版

表二：

原書名	盜印書名	署名	出版社	集數	開數	依據版本
書劍恩仇錄	劍客書生	司馬翎	南琪出版社	28	36	舊版
	劍客書生	司馬翎	南琪出版社	3	25	舊版
碧血劍	簫聲劍影	鏞公	皇鼎出版社	3	25	舊版改編
	碧血劍	金庸	時時出版社	5	36	舊版
	玉簫銀劍	司馬嵐	合成總經銷	3	25	舊版改編
	碧血染黃沙	翟迅	皇鼎出版社 汗牛出版社	2	25	舊版改編
雪山飛狐	雪嶺俠蹤	司馬翎	皇鼎出版社	1	25	舊版改編
飛狐外傳	飛狐外傳	金庸	三有出版社	22	36	舊版
	玉鳳飛狐	司馬嵐	金蘭文化	2	25	舊版

表三：

原書名	盜印書名	署名	出版社	集數	開數	依據版本
天龍八部	天龍之龍	荊翁	奔雷出版社	38	36	舊版改編
	天龍八部	金庸	吉明書局	35	36	舊版
笑傲江湖	獨孤九劍	司馬翎	南琪出版社	29	36	舊版下半
	一劍光寒四十洲	司馬翎	南琪出版社	25	36	舊版上半
	獨孤九劍	司馬翎	南琪出版社	6	25	舊版
鹿鼎記	神武門	司馬翎	南琪出版社	32	36	舊版上半
	小白龍	司馬翎	南琪出版社	31	36	舊版下半
	小白龍	司馬翎	南琪出版社	6	25	舊版
俠客行	玄鐵令	司馬翎	南琪出版社	2	25	修訂版

表四：

原書名	盜印書名	署名	出版社	集數	開數	依據版本
連城訣	飄泊英雄傳	古龍	文天行	16	36	舊版改編
	飄泊英雄傳	古龍	南琪出版社	2	25	舊版改編
	飄泊英雄傳	古龍	皇鼎出版社	2	25	舊版改編
白馬嘯西風	西風馬嘯嘯	鏞公	皇鼎出版社	1	25	修訂版

附錄二：大俠的新袍舊衫——試論金庸小說的改版技巧

歷經七年的改版工程，新修版金庸小說終於在二〇〇六年七月全部面世。改版過程中毀譽互參，其間因部分讀者抗議聲浪極大，金庸還曾打趣地說：「只要有六萬人上街反對，我馬上就不改了。」但改版工作畢竟已經完成。

熟讀金庸的讀者都明白，金庸小說並非第一次改版，目前流通的版本都是改版後的作品。自一九五五年於香港《新晚報》連載《書劍恩仇錄》開始，至一九七二年於《明報》刊載完《鹿鼎記》為止，不論是報上的連載，或是結集成冊的初版本金庸小說，在讀者群中統稱為「舊版」，這才是最原始的版本。其後，金庸以十年的時間，細細修訂舊版小說，後來在台灣遠景與遠流出版公司的版本，都是修訂後的「新版」（以台灣而言，包括金庸讀者口中的「遠景白皮版」、「遠流黃皮版」、及「遠流花皮版」），台灣讀者聽聞舊版金庸小說，常會誤以為是遠景的版本，事實上，遠景的版本與遠流的版本是同一版，只是封面及裝禎有所不同而已。

有趣的是，在金庸將「新版」修訂為「新修版」時，讀者發出的反對意見幾乎都是批評金庸「改變了共同回憶」；但回想當年，在「舊版」修訂為「新版」時，倪匡等舊版讀者對金庸提出的意見，也頗為類似。然而，在金庸堅持將作品「經典化」的原則下，兩次修訂都順利完成，有心的讀者在現時可以讀到三種版本的金庸武俠小說。

有趣的文學實驗

對於金庸的兩次大改版，難免有讀者懷疑是否為作者與出版社共謀商業利益的結果，以一再改版讓老讀者再一次掏出銀子買同樣的書。但細讀過三種版本的讀者不難發現，改版的目的其實是金庸努力要讓作品「經典化」、「圓融化」、「連貫化」、「新潮化」，因而兩度投入漫長的時間與龐大的精力在舊作的改寫。

筆者則認為，這「三版併陳」的有趣現象，實在是一種有意思的文學實驗。一再將作品改版的作家不惟金庸一人，但修改幅度如此巨大的只有金庸。又因為金庸是暢銷作家，出版社願意投入資本再一次出版及行銷，讀者才有機會享受到這麼有趣的閱讀經驗。

筆者閱讀金庸小說時，常會將各種版本並列同讀，並比較其間的差異。細細推測金庸為何會如此改寫，是另一種讀金庸小說的樂趣。

哪個版本最好？

歷年學測國文得高分的考生，屢有人自稱是因為讀金庸小說而增進國語文能力，因此常有學子或家長詢問筆者，既然金庸小說版本眾多，讀哪一種最好？

筆者以為，若想經由閱讀增進國文能力，讀新版或新修版都比舊版好，因為新版經過金庸逐字逐句修訂，文字較為精練，新修版則將新版情節中有所疏漏之處，儘量增添、修改得更圓滿，讀來也更流暢，因此讀新版或新修版都甚好。不過，看過新版或新修版的讀者，若想一探金庸的原創意，我也非常鼓勵尋覓舊版小說來讀，但畢竟舊版已市面無售，若非向早期藏書家借閱，恐也無緣得見。但若能借得舊版，探尋金庸的原創意，也是一種閱讀趣味。

金庸修訂版本的一些技巧

筆者在閱讀三種版本的金庸小說時，曾經想作筆記，將版本間的差異逐條比較，但後來發現金庸改版當真到了巨細靡遺的程度（細微到在《天龍八部》的珍瓏棋局中，舊版中虛竹下的是黑子，金庸在考慮圍棋的黑白子有高下尊卑之別後，在新版中改讓虛竹下白子），尤其是舊版改成新版的時候，遣詞用字幾乎逐句校正，若真要細細比較，實是記不勝記。新版改成新修版時，以情節改變為主，字句更動較少，但仍以完美為目標，幾近苛求地追求字句意境的美好。

然而，筆者仍從版本比較中，歸納出金庸改版的一些原則，可以與金庸小說讀者們分享。筆者相信，若能探索金庸改版的原則，對一般讀者而言固然有趣，而對有志於小說創作者而言，更是大有助益。

總而言之，金庸小說從「舊版」到「新版」，改版的原則是「刪」與「改」；從「新版」到「新修版」，原則則是「增」與「修」。金庸曾說，他的小說改版像「胖女人減肥成功」，筆者認為以這句話來形容「新修版」其實不妥。「胖女人減肥成功」比較類似「舊版」到「新版」的刪改，而關於「新版」到「新修版」的改版，我認為更貼切的說法是：「幫瘦身成功的美女上妝」。這也就是金庸改版的最基本原則。

舊版到新版的刪改技巧

金庸在小說的總序言中提到，他創作小說時有一個願望：「不要重複已經寫過的人物、情節、感情，甚至是細節。」這段話是舊版到新版的刪改指標。

先說第一個「刪」字：刪去重複的情節。

一、特別的武功，只留給特別的人物

1．舊版《天龍八部》中，木婉清聽葉二娘叫她名字，即迷迷糊糊的魂不守舍，原來葉二娘使的是「攝魂大法」。

此段在新版中刪去。類似的故事保留在《射鵰英雄傳》中，黃蓉以《九陰真經》的「移魂大法」催眠彭長老。

2．舊版《倚天屠龍記》中，張三丰攜同張無忌上少林寺求醫，張三丰寫下「太極十三式」

與「武當九陽功」秘笈送與少林。當時身為少林派圓真弟子的陳友諒，看一次就背了下來，並說那是少林武功。此段在新版中刪去。

這段故事當是與《射鵰英雄傳》中黃藥師之妻阿衡背誦《九陰真經》，以及《天龍八部》中，神山上人細看少林派三項絕技的拳譜，不單記熟，還即場翻成梵文，誣捏少林派抄襲的情節太相近，因而不復存在。

二、大幅刪除相似的動物情節

（一）蛇的情節。舊版金庸小說中，蛇的情節著實過多，金庸於新版中刪去了不少。

1．舊版《射鵰英雄傳》的秦南琴相關故事新版全數刪除，新版將秦南琴與穆念慈合為一人。被刪去的秦南琴相關情節約略是：郭靖決意娶華箏為妻，黃蓉傷心離開，隨後郭靖認識了捕蛇女子秦南琴，並仗義打退欺侮秦家的公差，又幫忙捉住食蛇的血鳥，秦南琴因而對郭靖芳心暗許。而後黃蓉前來，並因此對秦南琴存有戒心。郭黃離去後，秦南琴被鐵掌幫抓至山上協助捕蛇，結果受辱於楊康。其後因性格剛烈，當楊康之面撕毀她誤認的《武穆遺書》，想藉此折磨楊康。最後，秦南琴生下了楊過。

另一大段鐵掌幫養蛇的情節也被刪除，包括「蛙蛤大戰」的段落。此段主要敘述鐵掌幫養蛇，並從中揣摩擊敗歐陽鋒的方法，以求下次「華山論劍」裘千仞之必勝。

筆者猜測，由於蛇的情節太多，金庸儘量將每部書中與蛇相關之處，保留給少數與其身分相符的人物，如《射鵰》中保留給歐陽鋒父子。但刪除了秦南琴故事，即連帶出現了幾個問題。其一，以黃蓉的心高氣傲，得知郭靖決意迎娶華箏，居然願意委屈留下；其二，舊版穆念慈在楊康死後，即自殺殉情，新版將穆念慈與秦南琴合為一人，並改為穆念慈最後生下楊過，這使得穆念慈在楊康死後自盡的節烈形象大打折扣；其三，楊過幼時的叛逆性格，舊版可說是遺傳自秦南琴的反社會人格。新版將楊過的母親改為穆念慈後，楊過的「天生反骨」即難以原生家庭的影響來解釋。

金庸曾經解釋，小說中人物類似者，宜儘量合併以簡化，並舉穆念慈與秦南琴合而為一之例。但筆者推測，穆念慈與秦南琴並不相似，之所以刪除秦南琴，主要還是為了將過多的「蛇情節」刪去。

2·舊版《神鵰俠侶》中，因誤傷義士而被獨孤求敗丟棄的紫薇軟劍，居然為毒蟒吞服，藏在蛇腹中。楊過殺蛇後得到利器紫薇軟劍，其後郭芙也是以紫薇軟劍斬斷楊過手臂。或許因為「蛇味」太重，此段情節也被刪改。

3·舊版《天龍八部》中，鍾靈身攜「禹穴四靈」的金靈子與青靈子兩種蛇，金靈子來去如電，青靈子則可當腰帶，神農幫幫眾即是中了金靈子之毒。新版將金靈子與青靈子兩蛇改為一隻閃電貂。

4·舊版《天龍八部》中，游坦之是捕蛇高手。契丹人打草穀時捉到游坦之，游坦之丟出黑色毒蛇，圖謀暗殺蕭峰。新版改為游坦之丟的是生石灰包，《天龍》中養蛇捉蛇的情節，僅保留給鍾靈及其家人。

5·除了秦南琴的相關情節之外，舊版改為新版時，刪除篇幅最大的，即是《天龍八部》波羅星於少林寺盜取秘笈的情節。波羅星的師兄哲羅星是御蛇高手，他的座騎是兩條毒蛇，他以踩雪橇的方式騎蛇，還曾與游坦之過招。這一段可能也因「涉蛇」太深，整個兒被刪掉了。

有趣的是，金庸在改版時刪去了許多蛇的相關情節，卻未必完全忘情於蛇。舊版《神鵰俠侶》中，楊過受傷後服食神鵰所給的補物是「朱果」，新版《神鵰》則將朱果改成了蛇膽。

（二）玉面火猴的情節。除了蛇之外，猿猴的情節可能也因多次出現，故而在改版中被刪除。

舊版《倚天屠龍記》中，冰火島上的玉面火猴可生裂熊腦為食，在張翠山夫婦剛到冰火島時，玉面火猴幫他們殺熊、取火種，後來還成為張無忌的玩伴。張翠山一行回歸中土時，玉面火猴也一道同行，後來因水土不服，又自行回冰火島陪伴謝遜，最後則被金花婆婆所殺。

此段之所以被刪除，筆者推測原因是，日後張無忌在崑崙山翠谷時，曾為白猿動手術，取出猿腹中經書。同屬猿猴類情節，為避免重複，玉面火猴即自新版中消失了。

（三）血蛙的情節。

舊版《倚天屠龍記》中，張無忌在崑崙山翠谷中服食血蛙，血蛙生性至熱，正好可解「玄冥神掌」的寒毒。

新版中血蛙不再復見，原因或有可能是張無忌服食血蛙的情節，與段譽吞下「莽牯朱蛤」太過類似所致。

三、刪除過度血腥的情節

既然新版小說講求「典雅化」，過度血腥的描寫可能因「兒童不宜」而刪除。

1．舊版《射鵰英雄傳》中，丘處機殺了王道乾，再將他的人心、人肝剁碎，配酒生吃。此段在新版中刪除了。

2．舊版《天龍八部》中，南海鱷神殺楚天闊是直接取其心臟，並生食咀嚼。這噁心畫面在新版中已然不見。

3．舊版《天龍八部》中，葉二娘說小孩是「心肝寶貝」，心肝最好吃，因此會將小孩開膛破肚，挖出心肝來吃，她還每天吸一個嬰兒的鮮血。新版刪改了這殘忍的描述，只說葉二娘每天抓嬰兒來玩，到傍晚時再將嬰兒殺死。（新修版再一次減低葉二娘的惡行，改說葉二娘並未將抱來的嬰兒弄死，是胡亂送人。）

4．舊版《書劍恩仇錄》中，周仲英之子周英傑洩漏了文泰來的藏身之處，導致文泰來遭補。為全武林之義，周仲英掌擊周英傑天靈蓋而斃之。也許這段「父殺子」情節太不人道，新版改作周仲英盛怒下丟擲鐵膽洩憤，陰錯陽差擊死周英傑，周仲英亦悔愕不已。

四、刪除人物間相似的個性與言行，儘量求角色性格特別化

1．舊版《倚天屠龍記》中，滅絕師太不僅談過戀愛，還有兩次愛情經驗。這位武林中出名的美女，與「金瓜錘」方評是情侶，後來滅絕出家，方評自斷一臂。出家後的滅絕師太又與師兄孤鴻尊者談起戀愛，後來孤鴻尊者去世，滅絕才正式削髮為尼。

方評的故事與《書劍恩仇錄》的無塵道人相似，固然可刪；滅絕因失愛而成為暴戾之人，也與李莫愁的故事極為雷同，新版因此將滅絕談戀愛的情節全部刪去。刪改後的殘跡是，新版滅絕對楊逍氣死孤鴻子始終念茲在茲，但讀者卻摸不著頭腦：何以在全峨嵋派中，滅絕如此在乎孤鴻子之仇？

2．舊版《倚天屠龍記》中，周芷若最後對張無忌提出的心願是：在她削髮為尼，長伴青燈古佛之後，要張無忌接任峨嵋派掌門。這個橋段似乎太老套，一來《碧血劍》中有阿九出家的情節，情節明顯雷同；二來張無忌接管峨嵋派，與令狐沖接掌恆山派的故事太過神似。新版將周芷

若的心願改為：「這時候我還想不到，那一日你要和趙家妹子拜堂成親，只怕我便想到了。」改得極為活潑。（新修版再將周芷若的心願改成她「不准張無忌與趙敏成親」，因為只要沒有婚約，就算張無忌與趙敏生下娃娃，過個十年八年，以張無忌的個性，又會開始想念周芷若。新修版完全表現出周芷若一貫「以退為進」的手法，改得好極了。）

五、刪除未用上的伏筆

金庸創作小說時，腦中對情節盤根錯節的想像，遠超乎最後落在紙上的定稿。許多橋段或許原本要當伏筆，後來並沒用上，新版中因此必須刪除。這類例子頗多，略舉幾例：

1．舊版《天龍八部》中，段譽為段延慶所囚，段正明擔心段譽與木婉清「做出事來」，當下宣佈段譽與高昇泰之女高湄婚配，以絕天下悠悠之口。這個伏筆後來並沒用到，故而刪去。

2．舊版《天龍八部》中，葉二娘每回見到丁春秋，都會嗲聲地叫「春秋哥哥」，二人似乎頗有曖昧情愫。後來將葉二娘寫成虛竹生母，這段伏筆因此在新版中蒸發了。

3．舊版《天龍八部》中，阿碧是函谷八友中康廣陵的女弟子，因此能以軟鞭當樂器，後來與康廣陵重逢，並隨康廣陵而去。新版刪掉這段師徒關係，阿碧最後陪在慕容復身邊。

4．舊版《笑傲江湖》中，令狐沖問風清揚，為何魔教十長老死在思過崖石洞中？風清揚答：「是我殺的。」但因此事後來沒有合理的交代，新版遂將風清揚的承認刪掉了。

5．舊版《書劍恩仇錄》中，于萬亭本名沈有穀，是少林派弟子，與鄰家姑娘徐惠祿是青梅竹馬的情人，徐惠祿後來為豪勢所迫，嫁給陳世倌為妻。因為乾隆的掉包事件，雍正暴死後，刺客執行雍正遺命，要殺陳世倌夫婦，于萬亭潛入陳家救人，在徐惠祿房裡連守半月，竟與徐惠祿私通，生下陳家洛。新版《書劍》刪改了這段情節，陳家洛的母親新版改名徐潮生，于萬亭與徐潮生雖仍是舊情人，但他圖救徐潮生時只化身為僕，潛伏於陳家五年。舊版于萬亭的真實身分是陳家洛的生父，也為于萬亭傳紅花會總舵主之位於陳家洛找到合理解釋。新版改為于萬亭是陳家洛義父，陳家洛乃是陳世倌的親生兒子。改寫之後，陳家洛出身的複雜性降低了，「私生子」變成了「堂堂出身」。

6．舊版《碧血劍》中曾提到，阿九拜木桑道人為師，成為清初女俠，日後甘鳳池、白泰官、呂四娘等人均出自她門下。《鹿鼎記》中也有韋小寶祝福九難得到「八個威震天下的好徒兒」之語，明顯暗示著民間傳說的「江南八大俠」。但金庸小說中畢竟從未出現過甘鳳池等人物，新版遂將《碧血劍》的相關敘述刪去。

7．舊版《倚天屠龍記》中，周芷若欺騙張無忌，說宋青書曾非禮她，使她懷了身孕，因此她不配與張無忌成婚。這本是周芷若以退為進、讓張無忌由憐生愛的一招險棋，但此事後來不了了之，沒有下文，新版遂將此事刪除。

六、合併及刪除無關重要情節的人物

金庸於《射鵰英雄傳》後記中提過，他修改作品的一個方向是：「刪去一些與故事或人物並無必要聯繫的情節。」可見合併或刪除人物的標準也是如此，試舉數例如下：

1．舊版《笑傲江湖》中，平一指有位師兄「白髮童子」任無疆，治療桃實仙時，平一指開刀，任無疆則打通了桃實仙的百會穴。這個而後即未再出現的任無疆，在新版中與平一指合而為一，新版治療桃實仙時，手術、打穴均由平一指完成。

2·舊版《笑傲江湖》中，嵩山派掌門左冷禪生有二子，長子左飛英武功卓絕，但左飛英這個角色並沒有特別的故事，新版因此將之刪除。此外，舊版《笑傲江湖》有一位暗戀藍鳳凰的江飛虹，因為聽見別人說藍鳳凰叫令狐沖「大哥」，令狐沖喚藍鳳凰「妹子」，江飛虹醋勁大發而自盡。這角色無足輕重，新版也將之刪去了。

3·舊版《笑傲江湖》中，費彬欲對身受重傷的曲洋、劉正風二人行兇，幸而莫大先生現身殺死費彬，曲洋的孫女曲非煙葬了曲劉二人後，從此也沒了故事。新版改為費彬殺了曲非煙，就此了結這個人物。

4·有趣的是，有被刪除的「冗員」，竟也有起死回生的人物。舊版《笑傲江湖》中，莫大先生與五嶽派群雄一起死在思過崖石洞中。但金庸或許認為莫大還可以有後續情節，新版讓莫大死而復生，在令狐沖與任盈盈新婚之夜，莫大於窗外拉奏一曲〈鳳求凰〉，以表祝賀。

接著，再說說舊版到新版的「改」字。將不合理的情節改成合理，不論是舊版到新版，或是新版到新修版，金庸都持續努力地進行。比如舊版《神鵰俠侶》中，李莫愁曾被歐陽鋒擄走，歐陽鋒還傳授她五毒神掌。受歐陽鋒的薰陶後，李莫愁從此一身邪毒之氣。諸如此類不合理的情節，新版多已刪除。

以下，筆者主要歸納在整部小說、甚至整套小說中，經修改而變得前後邏輯性更強、更加「一以貫之」之處。這個技巧非常有意思。

一、將人物個性前後一貫化，以避免人物性格大幅轉變：

1．舊版《射鵰英雄傳》中，金庸給童年郭靖的評語是「筋骨強壯，聰明伶俐」。故事繼續往下進展，郭靖雖被改得較為直魯，但舊版《射鵰》中的郭靖還是比新版中聰明。在舊版中，洪七公傳授郭靖十五招「降龍十八掌」，郭靖以之與歐陽克過招時，居然福至心靈又自創了三掌，將十八掌補足。其後再見洪七公時，洪七公另再授與威力更強大的原創三掌。這一段新版改掉了，新版改說郭靖「學話甚慢、獃頭獃腦、筋骨強壯」，以新版郭靖的資質，自然無法創制出與舊版郭靖所創相同威力的三掌。此外，郭靖與黃蓉向一燈大師求治時，舊版郭靖只是觀看一燈大師出指，就學會了「一陽指」，這麼好的天資與郭靖個性不符，新版也已刪除。

2．舊版《倚天屠龍記》中，張無忌的個性在童年時與長大後簡直判若兩人。童年張無忌受謝遜與殷素素影響極大，金庸一再強調他「工於心計」、「聰明伶俐之極」。謝遜說道他以七傷拳自殺、逼空見來救、再擊傷空見以逼出成崑之時，張無忌大叫「妙計」，這段故事新版移給了殷素素。此外，舊版的童年張無忌性格非常剛強火烈，當張無忌聽聞成崑殺害謝遜一家時，他憤而要替謝遜報仇，說：「也將他（成崑）全家殺死，殺得一個不留。」因言語過度殘忍，張無忌還遭張翠山斥責。再者，在殷素素自盡後，張無忌手持匕首，將三百多名各派人物的面貌長相記在心中，滿腔怨毒，圖謀長大後一一尋之報仇。這些描述與新版張無忌的仁善性格大相逕庭，新版均已刪改。

3．舊版《天龍八部》中，阿紫眼盲後，游坦之化名為「極樂派掌門人王星天」，並願意照顧阿紫。在阿紫的想像中，王星天是個武功高強、面貌英俊的公子，她心下芳心可可，也曾有委身相嫁之意。這些情節在新版中均已刪改，新版改說阿紫只是利用游坦之，她自始至終只鍾情於蕭峰一人。

4．舊版《天龍八部》中，慕容復解珍瓏棋局而入魔時，段譽以六脈神劍去其手中長劍，救了他一命，慕容復因而對段譽非常感激。舊版的慕容復心胸較寬大，對段譽也極為友善，刻意結納為友，且對段譽的「六脈神劍」、「朱蛤神功」亦欽佩之極。新版則為了突顯慕容復只圖恢復大燕、薄情小器的個性，將舊版中慕容復大度容人的描寫全數刪改了。

5．舊版《鹿鼎記》中，韋小寶是個勤於學武的少年，自海大富處學會了「大擒拿手」、「大慈大悲千葉手」及崆峒派內功，其後再將陳近南與海大富的武功融合在一起，成為「武學中從所未有之奇」。新版則為了維持韋小寶一貫武功低下、嘻鬧無賴的形象，將這些韋小寶學武的段落都修改了。

6．舊版《神鵰俠侶》中，公孫止氣度沉穆、識見淵博、且文武全才，小龍女對他的感情是「微感傾心，暗想陪著他過一輩子，也就是了。」新版將小龍女「不專情」的描述刪除，她的心中始終只有楊過一人。

二、以武功或教派串聯全套小說：

1．舊版《射鵰英雄傳》中，《九陰真經》本來是達摩所創，新版則改由黃裳所作。黃裳的創作動機是為了報明教高手滅其全家之仇，經由此處改寫，即以「明教」將《射鵰》與《倚天》串接起來。此外，舊版《笑傲江湖》中的魔教本作「朝陽神教」，新版改為「日月神教」，由教中編制的左右光明使與護法使者來看，可以推測「日月神教」當有隱喻「明教」之意，這又將《倚天》與《笑傲》串接起來了。

2．「降龍十八掌」應該是金庸在改版中，花最多心力，用以串連各部小說的武功。舊版《射鵰英雄傳》中說，降龍十八掌是「洪七公生平絕學，是他從易經中參悟出來，雖然招數有限，但每一招均具絕大威力。」打從創作舊版時期，金庸就有意以降龍十八掌來串接「射鵰三部曲」。舊版《倚天屠龍記》中，張無忌自謝遜處學到了「亢龍有悔」、「神龍擺尾」及「潛龍勿用」三招，金庸應該有意讓張無忌成為洪七公及郭靖的武學傳人。幼年張無忌並曾以「降龍十八掌」擊敗巫山幫賀老三，其後又在西域擊傷衛璧。但因張無忌日後習得「乾坤大挪移」，「乾坤大挪移」成了專屬於張無忌的獨特武功，學降龍十八掌的橋段遂退居為冗情節，新版因此將之刪除。

舊版《射鵰》中說「降龍十八掌」是洪七公所創，但在同屬舊版的《天龍八部》中，時代早於洪七公的喬峰，其成名絕技也是「降龍十八掌」。在新版中，這些矛盾大抵改寫而周延了。新版《天龍》中，喬峰的絕技是「降龍十八掌」，但自北宋到南宋，招式理應略有出入，因此新版《射鵰》中說，洪七公的「降龍十八掌」，是「一半得自師授，一半自行參悟出來」。就此串接起《天龍》與《射鵰》。

3．金庸可能很喜歡「降龍十八掌」這套掌法的名字，在舊版小說中，第一個學會「降龍十八掌」的主角其實是陳家洛。舊版《書劍恩仇錄》中，「降龍十八掌」是少林派武術，陳家洛上少林寺探問于萬亭舊事，少林寺天鏡禪師當年原本就準備將「降龍十八掌」傳給于萬亭，卻因機緣而未果，於是乘此機會傳給了于萬亭之子陳家洛。當然，「降龍十八掌」在新版中已改寫為喬峰、洪七公、郭靖等人一脈相傳的絕藝，陳家洛習得「降龍十八掌」的情節，在新版《書劍恩仇錄》中已然消失無蹤。

4．舊版《射鵰英雄傳》中，周伯通要丘處機將彭連虎等四人幽禁於清虛觀十年，新版改為關於重陽宮二十年，因為在《神鵰俠侶》中，重陽宮才是全真教門戶所在。這細節一改，讓《射鵰》與《神鵰》相繫更密切。

5．舊版《射鵰英雄傳》中，「一陽指」是王重陽的武功，「先天功」則是一燈大師的武功，二人曾互相傳功。但為了扣住時代背景更早的《天龍八部》，新版《射鵰》將王重陽的武功改為「先天功」，一燈大師的絕藝則是「一陽指」。如此一來，「一陽指」就能貫通各書，成為大理段氏的家傳絕學。

三、將合適的橋段「乾坤大挪移」至更適當的小說：

舊版《倚天屠龍記》中，謝遜於王盤山島上比拚功夫時，露了一手瑤琴絕藝，所奏曲目為〈廣陵散〉。謝遜自稱不服稽康臨刑時所說「廣陵散從此絕矣」這句話，因而連掘西漢、東漢二十九座皇帝、大臣之墓，終於在蔡邕墓中，找到〈廣陵散〉曲譜。

在同屬舊版中，《笑傲江湖》的曲洋有完全一模一樣的情節，新版因此將這這段情節改為曲洋專有：曲洋盜墓得〈廣陵散〉，並將之改編入〈笑傲江湖曲〉之中。

四、修改人物設定細節，以維持全書的統一性：

1．舊版《倚天屠龍記》中，周芷若的出身是明教周子旺之女，但以滅絕師太仇恨明教的態度，大概無法容忍周子旺的後人存於峨嵋派中，新版於是將周芷若改為船家貧女。

2．金庸開始連載《天龍八部》時，預想的大綱就如舊版《天龍》的楔子所說：「這部小說將包括八個故事，每個故事為一部。但八個故事互相有聯繫，組成一個大故事。」但創作之後，與原本的預想不同，整部《天龍》後來創作成大長篇。在舊版改新版時，金庸將《天龍》進行大幅修改，以求全書內容圓融貫通。

3．舊版《天龍八部》中，甫出場的木婉清是個極厲害潑辣的角色，外號「香藥叉」，連鍾夫人都希望藉她的名號營救鍾靈。又因為木婉清常無端殺人，雲南高手如「三掌絕命」秦元尊、青松道人、金大鵬等人都是她的仇人。新版則為了預伏段正淳眾多情人爭風吃醋情節的伏筆，將追殺木婉清的人，改成王夫人手下的瑞婆婆、平婆婆等人。木婉清的「香藥叉」外號在新版移植給了甘寶寶，成為「俏藥叉」。總而言之，木婉清在新版被矮化了。

4．舊版《天龍八部》中，王夫人是慕容復的「姑媽」，也就是慕容博的姊妹。王夫人是女中鬚眉，想要在武林中建立「慕容宗」，但因慕容博父子的目標是「規復燕國」，雙方因而有所衝突。新版則為了解釋王夫人、王語嫣二人為何與石洞玉像如此相似，將王夫人改為李秋水的女兒，並改說王夫人是慕容復的「舅媽」。經由這一改，即將神仙姊姊與王語嫣的關係詮釋清楚，而慕容家與王家的恩怨衝突，則改說是因王夫人胡亂殺人，多次開罪官府與武林，故而與慕容家結下樑子。

5．舊版《天龍八部》中，段譽吸人內力的功夫叫「朱蛤神功」，此功是因段譽服食了鍾靈的「莽牯朱蛤」而得。新版將「朱蛤神功」改為「北冥神功」，而段譽之所以會有此功，乃是修習逍遙派秘笈而得，經由這段改寫，段譽與逍遙派的關係即扣合得更緊密。

6·在舊版《天龍八部》開始連載時，金庸或許尚未構思出天山童姥的情節，因此舊版《天龍》前數回的無量劍派故事中，並未出現靈鷲宮使者。新版則為求全書的連貫，改為靈鷲宮使者於前數回即出現在無量山上，神農幫幫主司空玄還因拿不到天山童姥的「生死符」解藥而投江自盡。

7·舊版《天龍八部》中，段譽身負「朱蛤神功」後，吸入黃眉僧座下弟子破貪、破愛二僧的內力，而後再吸入黃眉僧、石清子道人的內力。新版《天龍》中刪去石清子，段譽練就「北冥神功」後，吸得葉二娘、南海鱷神、鍾萬仇、雲中鶴、鍾靈等人的內力，這幾人在書中的地位更重要，經這一改，人物之間的關係即更緊密。

8·同在《天龍八部》中，某些情節的刪除，是刻意要留給讀者想像的空間。新版《天龍》中，蕭遠山、慕容博甫出場時，提到「咱們三場較量」，那麼，兩人到底何時較量過呢？新版沒有，舊版卻有一場，就是段譽與游坦之以至陽的「朱蛤神功」鬥至陰的「冰蠶異功」，二人旗鼓相當，眼看勢必鬥至力竭雙亡，慕容復本欲捨身相救，此時蕭遠山、慕容博趕在前頭，以兩人的深厚功力硬將段、游二人分開。這場比試在新版中刪去了。（新修版則在增寫慕容博盜取少林寺武功秘笈時，亦增寫了一場蕭遠山與慕容博的比武較量。）

9．舊版《碧血劍》中，卷首出場的是明末公子侯朝宗，新版中改為渤泥國儒生張朝唐。由原籍海外的張朝唐當作全書的引子，可以成為最後勸進袁承志到海外開創一番事業的伏筆。

10．舊版《倚天屠龍記》中，趙明一行人攻打少林寺，將達摩院的達摩祖師石像顏面削平，並在達摩祖師沒有五官的臉上，刻上「先誅少林，再滅武當，唯我明教，武林稱王」等十六字。新版改為十六個字是刻在羅漢堂十六尊金身羅漢的背後，一個羅漢刻一字。這一改，趙敏的奸邪之氣降低，蒙古王室欲降服武林的氣勢卻更大了。

舊版修訂為新版時，亦有「增寫」的部分。這部分在「胖女人減肥」的舊版修訂中所佔比例較少，卻加強了故事的完整性。

一、將「俠」的行事更往「為國為民」靠攏：

郭靖於《神鵰俠侶》中提到「為國為民，俠之大者」，影響所及，連金庸舊作中的主角亦一併被改寫。舊版《碧血劍》中，袁承志於泰山被推舉為七省武林盟主，該段故事便告結束。新版則為了表現袁承志「為國為民」的情操，盟主袁承志接著率領眾兄弟，於錦陽關伏擊阿巴泰所率領的清軍。（在新修版中，袁承志的手下進一步成為軍隊編制，設立「金蛇王營」。）

二、用詞典雅化：

「典雅化」是金庸改版的目標，在舊版改新版的過程中，「典雅化」的例子極多。

比如舊版《天龍八部》中，阿朱金鎖片上的字為「阿詩滿十歲，越來越頑皮」，阿紫金鎖片上的字完全相同。阿朱小時候還以為「阿詩」就是自己的名字，卻原來竟是阮星竹的小名。新版金鎖片上的字改為：阿朱的是「天上星，亮晶晶，永燦爛，長安寧。」阿紫的則是「湖邊竹，綠盈盈，報平安，多喜樂。」兩個金鎖片即以「阮星竹」的名字來寫。

三、增寫新的題材：

改版過程中會刪除重複的題材，自然也會加入新題材。

1．舊版《神鵰俠侶》中，陸展元與何沅君是陸立鼎的父母，武三通則是何沅君青梅竹馬的鄰居，何沅君嫁與陸展元，武三通一怒而至大理為官。在新版中，陸展元改成是陸立鼎的兄長，陸展元的輩分往下拉，李莫愁也隨之降了一輩，何沅君則被改成武三通的義女。武三通與何沅君的「父戀女」的故事讓人耳目一新。

2．《碧血劍》自舊版修訂為新版的過程中，金庸自言增加了五分之一的篇幅。好比袁承志上盛京行刺皇太極、而後多爾袞暗殺皇太極這段情節，舊版沒有，完全是新版補寫的。此段內容增寫了皇太極的識見與用人之道，連袁承志都不禁嘆服，想來金庸改寫時已無滿漢狹見，「揚漢抑滿」的早期情結已然淡化。

3．舊版《白馬嘯西風》中，李文秀等人於高昌迷宮中所見確是珍寶，包括鑲寶石眼睛的玉雕佛像等不計其數的寶物。新版則改為侯君集當年已將寶物盡數帶回長安，李文秀等人見到的，則是書本、七絃琴等唐太宗為宏揚中華文化，賞賜給高昌國的漢人器物。這段改寫避免了與《連城訣》雷同的尋寶故事，並將唐太宗的氣度描繪得更加恢弘。

◎附錄一：舊版修訂為新版時，名字被更動的人物及門派。

表一：

書名	舊版名	新版名	推測原因
書劍恩仇錄	徐惠祿	徐潮生	意寓「錢塘潮」。
	王伯道	王道	
	空嚴（余魚同法名）	空色	符合余魚同為「色」所苦出家之實。
	卞文黛	卞文蓮	與其船上蓮花裝飾相合。
	吳春娟	吳嬋娟	與其船上月亮裝飾相合。
	大雄禪師（少林監寺）	大苦禪師	
碧血劍	祖仲壽	孫仲壽	祖仲壽為祖大壽之弟，但祖大壽降清，改換孫祖壽之弟孫仲壽，整體形象較佳。
	溫明達	溫方達	石梁派「明」字輩全部更名為「方」字輩。溫明義、溫明山、溫明施、溫明悟依次改為溫方義、溫方山、溫方施、溫方悟。
	溫念慈	溫天霸	與《射鵰》穆念慈同名
	萬方（點蒼派）	萬里風	
	呂二	呂七	
	月華（青青丫環）	小菊	

表二：

書名	舊版名	新版名	推測原因
射鵰英雄傳	完顏烈	完顏洪烈	角色設定為完顏洪熙的兄弟，遂改為完顏洪烈。
	完顏永濟	完顏洪熙	為更符合史實，角色設定為金帝完顏璟之子，遂改為正史中完顏璟的兒子完顏洪熙。
	裘千里	裘千丈	「里」與「仞」長度差太遠，「丈」與「仞」較相近。
神鵰俠侶	轟天雷	大頭鬼	符合「西山一窟鬼」之名。
	淨光	鹿清篤	依全真教「清」字輩敘輩。
飛狐外傳	鳳人英	鳳天南	與《笑傲》青城四秀中侯人英同名。
	鳳一華	鳳一鳴	
	馬一鳳	馬春花	
	胡般若	古般若	或因《飛狐》中已有胡斐姓胡。
倚天屠龍記	趙明（紹明郡主、明明特穆爾）	趙敏（紹敏郡主、敏敏特穆爾）	明教正努力顛覆朝廷，郡主不宜以「明」字為名。
	張念慈（張無忌舊名）	刪除	與《射鵰》穆念慈同名。
	殷利亭	殷梨亭	武當七子名字原則統一化。
	楊破天	陽頂天	與《俠客行》石破天同名。
	白眉教	天鷹教	典雅化。
	孟正飛、孟正仁（五鳳刀）	孟正鴻、孟正鵬	以鳥為名，符合其門派之名。

表三：

書名	舊版名	新版名	推測原因
白馬嘯西風	陳達玄	陳達海	
天龍八部	王玉燕	王語嫣	典雅化。
	舒白鳳	刀白鳳	刀為擺夷族（即傣族）常見姓氏。
	智清	止清	新修版再修正為「虛清」，依少林寺「玄慧虛空」敘輩。
	王星天（游坦之化名）	莊聚賢（游坦之化名）	游坦之以「莊聚賢」為化名，更能隱喻其出身。
	阿寶	甘寶寶	重要角色宜有全名。
	岳蒼龍	無名字的岳老三	沒有名字，讓岳老三更像渾人。
	天塵（保定帝法名）	本塵	天龍寺其他僧人，亦由天因、天觀等改為本因、本觀，更改法號的原因是要符合法語「以『本相』破無相」。
	凌千里	褚萬里	
	蕭篤誠	古篤誠	
	董思歸	傅思歸	
	張阿三（函谷八友）	馮阿三	名字頗像《射鵰》張阿生。
	干人豪	干光豪	統一為「光」字輩。
	三淨	慧淨	依「玄慧虛空」敘輩。
	小詩（王語嫣婢女）	小茗	

表四：

書名	舊版名	新版名	推測原因
笑傲江湖	丁仲	丁勉	
	陸相	陸柏	
	彭連榮	魯連榮	
	鮑不棄	叢不棄	或因《笑傲》中已有鮑大楚姓鮑。
	小怡	老不死	趣味化。
	秦邦偉	秦偉邦	
	林厚	樂厚	或因《笑傲》中已有林平之姓林。
鹿鼎記	崔禿子	崔瞎子	

◎附錄二：《天龍八部》中外號被更動的人物。

書名	人名	舊版外號	新版外號	推測原因
天龍八部	刀白鳳	瑤端仙子	玉虛散人	「散人」之稱較符合刀白鳳因情出家之心境。
	鍾萬仇	馬王神	見人就殺	與《射鵰》馬王神韓寶駒撞號。
	木婉清	香藥叉	無	移植為甘寶寶外號「俏藥叉」。
	甘寶寶	無	俏藥叉	
	秦紅棉	無名客	幽谷客	典雅化。
	傅思歸	點蒼山農	無	簡化。
	褚萬里	撫仙釣徒	無	簡化。
	古篤誠	採薪客	無	簡化。
	左子穆	一劍震天南	無	簡化。
	辛雙清	分光捉影	無	簡化。

◎附錄三：被更名的武功（招式不詳列）或器物。

表一：

書名	所屬人物或門派	舊版名	新版名	推測原因
碧血劍	鐵劍門	百變鬼影	神行百變	
射鵰英雄傳	洪七公	燕雙飛	逍遙遊	
	洪七公	破玉拳	逍遙拳	一版《射鵰英雄傳》的破玉拳，轉給二版《碧血劍》的華山派使用。
	黃藥師	落英掌	落英神劍掌	
	黃藥師	天魔舞曲	碧海潮生曲	
	黃藥師	掃葉腿	旋風掃葉腿	
	黃藥師	狂飆拳	刪	
	歐陽鋒	金蛇拳	靈蛇拳	與金蛇郎君及金蛇劍撞名。
倚天屠龍記	殷離	千蛛絕戶手	千蛛萬毒手	與虎爪絕戶手撞名。
	成崑	一陰指	幻陰指	「一陰指」易與「一陽指」有所聯想。
連城訣		素心劍譜	連城劍譜	意喻「價值連城」。

表二：

書名	所屬人物或門派	舊版名	新版名	推測原因
天龍八部	西夏	紅花香霧	悲酥清風	
	少林派	九轉金剛湯	九轉回春湯	
	星宿派	碧玉王鼎	神木王鼎	
	星宿派	混天無極式	刪	
	逍遙派	黑鐵指環	寶石指環	與峨嵋派掌門信物鐵指環雷同。
	天山童姥	天上地下唯我獨尊功	八荒六合唯我獨尊功	避免汙名化佛陀。
	段譽杜撰	太陽熔雪功	六陽融雪功	
	慕容家	聽香小築	聽香水榭	
	慕容家	瑯嬛水閣	還施水閣	「瑯嬛福地」為李秋水藏秘笈之處。

新版成為定稿，在金庸小說讀者間流傳有年之後，或許金庸發現小說中的部分情節不夠周延，也或許金庸體悟到青壯年時期未曾經歷的人生體驗，又或許金庸想將新的創意加入小說裡，因而有意將其小說進行修訂改版；除此之外，拜網路之賜，遠流出版公司的【金庸茶館】網站成立多年，金迷們紛紛對小說中的矛盾難解處提出質疑，【金庸茶館】版主於是開設【骨頭大家挑】版面，供金迷們提出心中疑惑，其後匯集出百多個問題，由茶館店小二呈交金庸，這麼一來，更加速金庸改版的決心，「新修版」金庸小說遂在七年的辛苦修訂後面世。

新修版的改版無疑是成功的，金庸寶刀未老，修改舊作可不是拿著舊版補丁，而是經過細膩的創作，將小說中的漏洞與矛盾，透過文學性、藝術性的手法修訂，修訂之後，缺陷消失，小說也更加完美了。讀過新版的讀者若再讀新修版，必然大呼過癮。

以我的閱讀經驗來說，因我本已熟讀新版，每當有新修版上市，我總是迫不及待地自網路訂書，在第一時間閱讀。又因改版過程中，出版社通常會將部分有趣的修改橋段透露給報社，經過媒體批露，難免引起毀譽兩極的爭議，因此我收到書後，通常都先翻閱具爭議性的修訂橋段。一開始，我以為每部書的修改段落，應該都已儘量於媒體上公佈以吸引讀者，但經過仔細閱讀，我才發現原來金庸的修改極其細微而繁多。經過認真比對，就會發現新版修改成新修版的幅度，其實與舊版修改成新版等量齊觀，尤其是《倚天屠龍記》、《天龍八部》與《碧血劍》幾部，修改幅度之大，可說讓已經熟知新版內容的我，時時讚嘆、處處驚喜。

從新版到新修版的增修技巧

一、加強人物的心理描寫：

將人物的心理狀態說明得更加清楚，是新修版的大原則之一。

1．新修版《笑傲江湖》書末，多了一段文字描述令狐沖的心情，說他認為：「如和盈盈合奏，便須依照譜子奏曲，不能任意放縱，她高我也高，她低我也低，這才說得上和諧合拍……」這段增述對令狐沖的處世原則有「畫龍點睛」之效，完全表達出令狐沖向來甘於委屈自己、配合情人的心態。

2．新修版《倚天屠龍記》中，在小昭即將返回波斯擔任明教教主時，大幅增寫了張無忌與小昭的互動情節。增說張無忌對小昭說：「我前晚做夢，娶了我可愛的小妹子（小昭）做妻子，以後這個夢還會不斷做下去。」又說：「在這世界上，我只不捨得義父和小妹子兩個。」這段增寫將張無忌多情而近乎濫情的性格，表述得更加明顯。

3．新修版《飛狐外傳》中，增寫了袁紫衣的心理描述，比如袁紫衣拿著胡斐的衣衫，幻想胡斐撲過來擁抱自己，自己則無力地被點倒，再幻想自己邊哭泣邊打胡斐。乖乖女的「性幻想」情節難得出現於金庸小說中，這段情節增添得相當有趣。

4．新修版《飛狐外傳》中，另有一段胡斐的「性幻想」情節。原來小胡斐偷窺馬春花，見到她雪白的粉頸、起伏的胸脯及肚兜下的肚皮，當下小鹿亂撞，很想親親馬春花的臉頰，甚至變成小狗伏在她身邊。這段性幻想的描述十分傳神。

5．新版郭襄雖然心儀楊過，卻沒有深入的刻劃，新修版將這份感情細寫。在新修版《神鵰俠侶》中，郭襄內心深處渴望變成「大龍女」，更早認識楊過，並收留被全真教欺負的小楊過，如此一來，他們就能成為真正的愛侶。她還想，即使日後楊過再遇到小龍女，也只能如同遇見小郭襄一般，頂多給她三枚金針。

6．新修版《鹿鼎記》中，原本一直默默奉獻、不計名位的雙兒，金庸亦增寫了她的內心世界。雙兒自信「天下所有的女子，丈夫最心愛自己，即令阿珂也及不上。」這段增寫讓雙兒在為韋小寶努力付出時，有了踏實的愛情信念做後盾。

7．對於陳家洛不敢愛霍青桐，新版的說法是陳家洛誤以為霍青桐與李沅芷有私情。新修版則改為陳家洛早疑心李沅芷是女扮男裝，但他認為男裝的李沅芷比自己俊美，被「比下去」的不悦心情無法釋懷，此外，霍青桐的英風颯爽也讓他萌生退意，因此陳家洛始終對霍青桐心存芥蒂。

8．新修版《書劍恩仇錄》書末，增寫了〈情歸何處〉一回，大意是說，香香公主現身於雲端，告訴陳家洛：「我們維吾爾人、你們漢人、他們滿洲人，大家都是一樣的，不過說的話不同而已。」筆者曾就這段增寫去信請教金庸，究竟在創意上屬「幻覺」還是「顯靈」？金庸認為是幻覺。一般而言，幻覺通常代表本人的內在信念，若這是陳家洛的幻覺，就能證明陳家洛根本沒有滿漢種族的仇視心態，也可說明陳家洛「覆滿興漢」一再失敗的原因，因為在陳家洛的內心深處，根本沒有滿、漢非得那個種族才能當皇帝的觀念。

二、以史實強化小說的真實感：

金庸在小說作家的身分之外，還是史學愛好者，他曾至英國劍橋大學修讀歷史博士學位，對唐朝史下了一番工夫。金庸小說中的史識，在新修版中亦持續加強。舉例如下：

1．新版《射鵰英雄傳》書末，郭靖為呂文德守襄陽城，呂文德屬無能之將，郭靖、黃蓉只得用計嚇退蒙古兵。在考據過史料後，金庸發現當年蒙古軍並未攻打襄陽，新修版於是改成靖蓉二人北上，襄助史實上蒙古軍確實攻打過，李全與楊妙真夫婦守城的山東青州。李全的「忠義軍」本收有山東義民，郭靖以江湖俠客之姿助守青州城，更加順理成章。

2．舊版及新版《碧血劍》中，圖謀崇禎帝位的是誠王，新修版則改為惠王。金庸在注釋中解說惠王朱常潤於天下大亂時潛歸北京之史料。將人物修改得更貼近史實，有助於增加小說的真實感。

3．新修版《碧血劍》中，為更清楚說明李自成免死狗烹、自毀長城的「殺功臣」事蹟，加入一段李自成與「左革五營」內鬥，避免功臣覬覦帝位的史料。此段增寫中說，李自成殺起義弟兄中的羅汝才、亂世王、革裡眼，逼走老回回，天下未定而先內亂。大順之敗，因由不在吳三桂與多爾袞，而是敗在大順的君臣相疑。

4．舊版及新版《神鵰俠侶》中，玷辱小龍女的全真教道士為尹志平，新修版則改為甄志丙。易名的原因應是尹氏後人及道教人士抗議，經此一改，歷史的歸歷史，小說的歸小說，倒也各安其位。

5．新修版《天龍八部》中，將段譽的史料描寫得更詳細，述及段譽在大理國歷史上的身分為憲宗宣仁帝，登基後年號「日新」，後改文治等五個年號，其後避位為僧，共做了四十年皇帝（但按史實是段正淳做了十二年皇帝，然後才是段和譽的四十年）。這段增寫將段譽從小說角色回歸成歷史人物。

三、加入新潮而流行的創意：

1．舊版及新版《天龍八部》中，游坦之的內功習自《易筋經》，新修版改為游坦之見到的內功圖形，隱藏在梵文《易筋經》中，即以隱形藥水寫成的《欲三摩地斷行成就神足經》，也就是瑜珈秘術。金庸或許見到現代人喜以瑜珈養生，故改寫此段，以增添閱讀趣味。而將《易筋經》改寫為《欲三摩地斷行成就神足經》，也可與《笑傲江湖》中，方證傳授令狐冲的《易經筋》做出區別。

2．新修版《天龍八部》中，增寫王語嫣追求「青春永駐」的情節。這段故事是說，王語嫣發現自己多了一絲白髮、一道皺紋後，先是到「不老長春谷」尋求長春之道神書。求書未果後，又到無量山石洞尋訪秘笈。因懷疑秘笈藏在神仙姊姊玉像之中，王語嫣摧毀玉像，但仍沒找到秘笈。或許是因現代人普遍渴求青春美麗，金庸才藉段譽之口告訴王語嫣，同時也告訴讀者：「色身無常，人人都免不了。」

3．新修版《天龍八部》中，段譽離開聽香水榭，由阿碧划船相送，段譽認為阿碧很能激發他的疼惜愛憐，但兩人又不屬於男女間的愛情，因而認阿碧為妹子。金庸將現代人「乾哥」、「乾妹」的兩性友誼關係，寫入以北宋為時代背景的小說中。

四、繼續加強各部小說間的串聯：

1．新修版《笑傲江湖》中，令狐沖於梅莊地牢裡意外習得「吸星大法」後，任我行向他介紹「吸星大法」的源流，說道北宋逍遙派分有「北冥神功」與「化功大法」二法門，「吸星大法」乃是源自「北冥神功」正宗。這段說明將《笑傲》與《天龍》串接了起來。

2．修訂新修版時，金庸繼續改寫「降龍十八掌」的沿革，以串接各部小說。在新修版《天龍八部》中，為了彌補蕭峰驟然去世、「降龍十八掌」理應不存的情節漏洞，金庸將「降龍十八掌」更名為「降龍廿八掌」，蕭峰以「降龍廿八掌」名震於當世，後來蕭峰與虛竹共同參研，將廿八掌精簡為十八掌，再經由虛竹將「降龍十八掌」授與丐幫新任幫主。這段增寫解決了「降龍十八掌」的傳承問題。關於這段情節，在洪七公傳授郭靖「降龍十八掌」時也說了一次，《天龍》與《射鵰》兩書因此扣得更為緊密。

3·新修版《連城訣》中，增寫了天寧寺寶藏的源流，說這批梁元帝時代的寶藏，為康熙年間某高僧所發現，他將此秘密以劍訣的方式注入《唐詩選輯》中，並打算送交天地會的吳六奇，但當時吳六奇已然遇害，遂由梅念笙所得。這段增寫將《連城訣》與《鹿鼎記》扣接起來。

五、調整人物性格，增添新意：

新修版最引起新版讀者非議之處，就是改動部分人物的性格，扭轉了讀者的既定印象，一些以書中人物為偶像的讀者，更為此而感到憤憤不平。有趣的是，新修版對人物性格的改寫，幾乎全是「由專情改為多情」，金庸還曾解釋道：「天下的男人都是不專情的，信不信由你了。」

1·舊版及新版《射鵰英雄傳》中，黃藥師對妻子馮氏的專情，令人印象深刻。在新修版中，金庸大筆一揮，讓黃藥師愛上了女弟子梅超風。新修版的黃藥師平時會寫些「恁時相見早留心，何況到如今」之類的詞句，也常感嘆自己韶華易老。日後梅超風情定陳玄風，使得黃藥師情緒失控，因而震斷曲靈風的雙腿。而後，為了杜絕「師生戀」的流言，黃藥師離開桃花島，娶回與梅超風同齡的馮氏，馮氏理當只是黃藥師情感轉移的「替代者」。這段改寫在當年發布新聞稿之後，引起諸多金迷的口誅筆伐，因為讀者完全無法接受黃藥師專情形象的崩壞。

2．舊版及新版《碧血劍》中，袁承志均只鍾情於青青一人，新修版則改為袁承志亦狂戀阿九。新版中，袁承志潛入皇宮，因情況危急而躲入阿九被中，與她合衾共枕，袁承志將金蛇劍置於兩人之間，並聲明自己絕非輕薄無禮之人。新修版則改為袁承志拿開金蛇劍，二人緊緊擁抱，激情熱吻，袁承志心中幾乎已生「邪念」。

3．舊版及新版《天龍八部》中，段譽是單戀王語嫣的痴人，精誠所至，金石為開，王語嫣最後離開慕容復，段譽終能抱得美人歸。新修版則改為段譽追求到王語嫣之後，開始「清算舊帳」，計較起從聽香水榭到少林寺外，王語嫣一件又一件對不起自己的事，還為自己找到合理的解釋——原來他之所以苦戀王語嫣，乃是因為「心魔作祟」。最後段譽娶了木婉清、鍾靈及銀川公主的侍女曉蕾等姑娘為妻。

4·舊版及新版《天龍八部》中，李秋水直至年老，都仍為無崖子的愛情而與天山童姥爭鬥。新修版則增寫李秋水一度「由愛生恨」，與丁春秋產生私情，此事為天山童姥告密揭發。事發之後，李丁二人合力將無崖子打落懸崖。

5·新修版《神鵰俠侶》中的小龍女，在情感的表達上較新版奔放。在大勝關英雄大會時，新版小龍女見到久別後的楊過，只說了句：「過兒，你果然在此，我終於找到你了。」新修版則改為小龍女告訴楊過，她要楊過一天想她五百次，還要楊過喊她「媳婦兒」，不准變心。新修版小龍女擺脫了冰山美人的形象，勇於說出感情，表達愛的能力較新版豐沛許多。

6·舊版及新版《神鵰俠侶》中，金輪法王雖然喜歡郭襄，但仍不脫為求名利、不擇手段的形象。新修版將金輪法王改稱金輪國師，在襄陽大戰時，為救郭襄一命，金輪國師竟捨身相代，盡全身之力揮走火柱，力竭而亡。改寫後的金輪國師心地較新版慈悲得多。

7·新版《天龍八部》中，徐長老是個秉公為國的丐幫長老，新修版則將徐長老改成了老色頭。馬夫人登門求助，徐長老藉機揩油，對馬夫人伸出祿山之爪，正義形象蕩然無存。

六、將人物的含蓄情感表達得更為深刻：

若讀過新版與新修版，細心的讀者當不難發現，新版中性格較木訥、情感較含蓄的人物，如《射鵰英雄傳》的郭靖、《俠客行》的石破天等人，在新修版中，談情說愛的詞句都較新版加了點料，也可以更自然地吐露內在的感情。這也是新修改版的重點之一。

1．《天龍八部》中的蕭峰，在新版中是個極為豪邁的角色。蕭峰擊傷阿朱後，新版描述蕭峰「淚水直洒了下來」，新修版則改得更為柔情，說：「他（蕭峰）低頭去親吻阿朱的嘴唇……兩人的淚水混在一起，都流到了唇邊。」經過這麼一改，鐵漢蕭峰的柔情即更顯淒迷。

2．《神鵰俠侶》中的楊過，本就是較能表達情感之人，新修版將他的調情功力發揮得更為淋漓盡致。新修版楊過、小龍女習練《玉女心經》中的一招「亭亭如蓋」時，楊過罩在小龍女身上，二人情慾陡生。此外，楊過對小龍女的愛意也在新修版表達得更露骨，新修版楊過告訴小龍女，他思念小龍女時會想到心不在焉，甚至將麵條吃進鼻孔去。

3．新修版《碧血劍》中，苗女何惕守的言語較新版更加無所忌憚。她見袁承志心繫阿九，居然鼓勵袁承志三妻四妾，一娶青青，二娶阿九，三娶焦宛兒，還告訴師父袁承志，倘使世上無阿九這人，她自己也挺想嫁給他的。

4・新版《鹿鼎記》中，康熙鮮少過問韋小寶的多妻婚姻，新修版則改為康熙要求韋小寶以建寧公主為正妻，不得讓她做小妾。這一改寫，就能表達出康熙與建寧雖非親兄妹，但康熙仍顧念自幼相伴的皇兄皇妹之情。

七、將書中情節周延化，使故事更加圓融：

1・新版《射鵰英雄傳》中，陳玄風盜走《九陰真經》下卷後，將真經經文刺於胸口，再將原經燒毀。這段故事雖然頗為趣味，但讀者們常懷疑，數千字的經文如何刺於胸口肌膚？新修版改去了人皮抄本的情節，改為陳玄風、梅超風擁有的是手抄本《九陰真經》下卷，最後梅超風將抄本歸還給師父黃藥師，黃藥師則允其重入師門。

2・新版《射鵰英雄傳》中，江南五怪於桃花島遇害一節，描述得不甚周延，如朱聰寫下：「事情不妙，大家防備（西字起首筆劃）。」以及南希仁所書：「殺……我……者……乃……

十……」兩段情節，讓讀者心生質疑，一是朱聰紙上示警，瞎眼的柯鎮惡如何得見？二是南希仁性命垂危，為何先寫四個無關緊要的字？新修版為求情節周延，刪除了朱聰紙上示警之舉，改為韓小瑩於墓室玉棺上留下「十」字，南希仁留下的則是「西」字起首筆劃。新三版還增寫楊康自歐陽克處取得桃花島總圖，因而知曉墓門開啟之法，經過改寫之後，江南五怪血案的佈局即更縝密。

3．新版《倚天屠龍記》中，倚天劍、屠龍刀中所藏《武穆遺書》與《九陰真經》，是寫於極薄的絹片之上，但令讀者難解的是，何以絹質秘笈耐得住高溫而不燒毀？新三版因此改說兩部秘笈是藏於桃花島上，而倚天劍與屠龍刀中所藏的，則是兩塊玄鐵片，玄鐵片上刻有秘笈所在地圖及入島方法。為了取得兵法及武學秘奧，周芷若將峨嵋總門遷往定海，並順利取得兩部秘笈。

4．新版《倚天屠龍記》中，謝遜被監禁於少林寺後山時，在地洞壁上刻下周芷若的罪行，這對目盲的謝遜來說，未免過度為難。新修版改由黃衫女子揭穿周芷若的陰謀，她並將內有周芷若相關罪行證據的小包交給張無忌。張無忌拆開後，見到了十香軟筋散，以及倚天劍、屠龍刀中的玄鐵片，即明白是自己誤會了趙敏，荒島血案原來是周芷若所為。

5．新版《倚天屠龍記》中，武當六俠欲以「真武七截陣」迎戰少林諸僧，需要殷素素入陣以全七俠之位，殷素素求教於俞岱巖，俞岱巖認出殷素素的聲音，殷素素不得不承認是自己託龍門鏢局護送俞岱巖，張翠山因此自責，並自刎身亡。新修版此處大幅修改為，武當六俠不再拘泥於「真武七截陣」必須七人入陣，殷素素則因少林和尚圓業咄咄逼人，責問張翠山有關龍門鏢局滅門之事，她憤而挺身護夫，還自承託鏢護送俞岱巖，並殺害龍門鏢局滿門。而後，殷素素進入內室，向俞岱巖坦承偷施蚊鬚針，張翠山聞之，憤而自刎。這段改寫將殷素素從不敢面對現實的邪女，轉為敢於面對錯誤、承擔責任的勇敢女子。

6．新版《倚天屠龍記》中，朱元璋使鬼蜮伎倆逼退張無忌，讓張無忌誤以為徐達、常遇春二人對自己不滿，在失望之餘離開明教。這段陰謀著實太過戲劇化，巧合度太高，新修版因此改為朱元璋率兵逼宮，要張無忌在明教與趙敏之間二擇一。愛美人勝於江山的張無忌最後決定選擇趙敏，離開明教。

7．新版《倚天屠龍記》中，面對叛派弒叔的宋青書，張三丰掌擊其胸而斃其命。新修版改為宋青書想向太師父及父親拜倒，用力過度，傷口迸裂而亡。經過修改之後，就沒有了張三丰手刃徒孫的不圓滿畫面。

8．為什麼玄慈等一干武林人物，對於誤擊蕭遠山一家，事後罪惡感如此之大？新版《天龍八部》並未交代清楚，新修版則補寫了原因。原來蕭遠山於遼國擔任屬珊大帳的親軍總教頭，平日頗得遼國帝后賞識的他，常藉機勸阻遼帝對宋用兵。蕭遠山是維持宋遼和平的重要人物，對於武備較為落後的大宋來說，蕭遠山實有大恩，玄慈等人誤擊其全家，因而滿心罪愆。

9．小說改版時，罕見金庸創造新人物，但是在新修版《天龍八部》中，卻新創了傳功長老呂章（新版雖有傳功長老，但並未述及其姓名，且傳功長老在聚賢莊一役之後即不再出場。）呂章在蕭峰離去、徐長老及白世鏡均身敗名裂之後，成為丐幫的實際領導人，然而，他對丐幫的指示，卻是隱瞞幫中長老的惡行，全力抹黑蕭峰。呂章讓蕭峰更加認清江湖上重利輕義的現實面，並加深他北上赴遼的決心。

10．慕容博詐死後，人究竟到哪裡去了？新版《天龍八部》中，只說他到少林寺盜取秘笈。新修版則增說慕容博「死後」仍為復國大業而努力，他化名為燕龍淵，於兩淮一帶出沒，並發出慕容氏的黑色令旗，廣納江湖豪傑，以為復國之助力。

11．不僅慕容博於暗中收幫納派，四大家臣亦有相同的作為。新版《天龍八部》中，秦家寨與青城派眾人上聽香水榭生事，由於技不如人，被包不同羞辱一頓後趕了出去。新修版改為包不同收斂起暴躁脾氣，著意結納江湖豪傑，秦家寨與青城派均接下姑蘇慕容氏的「黑色燕字旗」，從此接受慕容家的號令。

12．以玄慈方丈的身分與武林地位，當江湖上傳聞紛紜，說喬峰為了尋找帶頭大哥，將武林殺得腥風血雨之時，他這「帶頭大哥」為何從未出面？新版《天龍八部》中無解。新修版則增說玄慈等五位少林高僧化身為遲姓、杜姓等老者，於喬峰前往五台山會見智光大師的路上，對喬峰做過一番人品鑑評。因親見喬峰寧可自傷，而不願傷害玄慈化名的遲姓老者，玄慈才明白了喬峰仁義本懷的光風霽月人格。

13．舊版、新版《天龍八部》中，蕭峰被冤枉殺害副幫主馬大元，在追查帶頭大哥的過程中，幾乎都處於挨打的地位。新修版則幫蕭峰稍吐一口怨氣，在馬夫人家中假扮馬大元鬼魂之人，新版是蕭遠山，新修版則改為蕭峰，讓蕭峰以己之力，洗清被誤會的冤屈。

八、將武學的源流與內容闡述得更加明白：

金庸在小說中屢屢別出心裁，發明不同於其他武俠小說的武功，這些武功的源流若是交代得不夠周延，金庸會在新修版中，將之增寫得更完美。

1．新版《神鵰俠侶》中，覺遠提到《九陽真經》乃達摩祖師親手書寫，但金庸經過考量，或許認為「九陽」一詞乃是道家的易術之詞，因此在新修版改說《九陽真經》是一位不知名的高手書寫在《楞伽經》行間的經書。

2．金庸花費許多心神打造「降龍十八掌」，除了前段提及的源流，在新修版《射鵰英雄傳》中，金庸還增添兩頁篇幅，詳細說明這套武功的要義，並提及「亢龍有悔」乃「降龍十八掌」的根本，招式中最難之處在於強力擊出時，仍能留有餘力，當剛則剛，應柔則柔，這段增寫改變了「降龍十八掌」一味剛猛的舊觀點，也與新修版喬峰與化名遲姓老者的玄慈對掌相呼應。

3．鳩摩智為何身負「小無相功」？於新版《天龍八部》的讀者而言，這始終是個謎團，但這謎團在新修版中有了解答。新修版增說段譽被鳩摩智綁到慕容家後，在朱碧雙姝相助下逃脫，而後鳩摩智因緣際會潛入王夫人家的書庫，暗中盜取丁春秋藏於王家的「小無相功」秘笈。這段增寫不僅交代了鳩摩智習得「小無相功」的過程，還道出「小無相功」內容供讀者品閱，文曰：「古之善為道者，微妙玄通，深不可識……孰能濁水靜之徐清，孰能安以動之徐生……」但鳩摩智偷書時漏取第七冊，導致強練內功而積下戾氣，無法化解。

4．新修版《神鵰俠侶》將金輪國師的武功源流說明得更清楚，說道金輪國師出身金剛宗，隨身攜帶蓮華生大士唐卡，而他傳授郭襄的武功中，最基礎的就是金剛薩埵的瑜伽密乘。

5．新修版《神鵰俠侶》既增寫古墓派「玉女心經」的招式內容，亦讓楊過、小龍女在實戰中有所發揮。絕情谷中的楊龍與公孫止之戰，新版最後是楊龍二人落敗。關於這段情節的修改，新修版一來刪去公孫綠萼使漁網陣時假意摔倒的情節，改成楊過使「天羅地網勢」脫離漁網陣；二來改說楊過以「玉女拳功」攻擊公孫止；三來小龍女與楊過相認的情節有所改寫，新修版增說小龍女憶起從前為練功而擊打小楊過屁股的往事；四來增寫楊過以「玉蜂針」打中公孫止的穴道，公孫綠萼為父親討玉蜂漿解癢。最後，新修版還增寫楊龍使出「玉女心經」中的「亭亭如蓋」招式擊敗公孫止，卻在寬恕公孫止後意外遭其偷襲。

6．除了武術之外，新修版《笑傲江湖》還增寫〈笑傲江湖曲〉的內容。原來曲洋自蔡邕墓中所盜得的〈廣陵散〉琴譜，述說的是「聶政刺韓王」的故事，劉正風再加上一段簫譜，奏的是聶政之姊收葬弟屍之事，曲劉二人合奏而成〈笑傲江湖之曲〉。

九、束縛江湖人物，勿使改變歷史：

或許在心理上，金庸一直不希望武林人物擁有扭轉歷史的力量，甚至連扭轉的空間都必須遏止。在新修版中，金庸將「江湖」與「政治」的界線分得更為清楚。

1·新修版《倚天屠龍記》中，增寫一段「陽教主遺訓」，也就是明教聖火令上所刻的「三大令、五小令」，而「聖火令三大令」的第一令即為「不得為官為君」。這一改寫即將張無忌的開國皇帝希望完全堵死，他絕對不可能取朱元璋而代之，成為大明開國皇帝。

2·新修版《碧血劍》新增一段十六字訣來限制袁承志，這十六字是：「不降韃子，不投朝廷，不跟闖王，不害良民。」如此一來，中土即無袁承志容身之處，袁承志因此只能遠渡海外，也無法再影響中原政局。

十、刪除「非必要」的情節：

新修版不僅有增修，「胖女人」亦確實做了「局部減肥」，金庸或許認為部分新版情節是多餘的，因此將之刪去。

1·舊版與新版《碧血劍》中，均有何鐵手對女扮男裝的青青心生情意，甚且開口示愛的情節。或許金庸覺得這情節無關整篇小說，又或許覺得女子愛上女扮男裝者太過陳腔濫調，新修版因此刪改了此段情節。

2．新版《碧血劍》中，袁承志追查五毒教，先見到黑白藍黃紅五道圍牆的無門大宅，其後又見「錦衣毒丐」齊雲璈於雪中鬥蛇。或因這段情節太過玄異，新三版改為變成惠王爺以「招賢館」名義引見，袁承志因而得見五毒教諸人。

3．新版中部分既無關全局、又篇幅較長的武人過招描寫，新修版將之刪減：

A．新版《射鵰英雄傳》中，郭靖曾與黃河四鬼過招，這段純武術過招的描述可能過於冗長，在新修版中被大幅刪減。

B．新版《天龍八部》中，木婉清與王夫人手下追捕者的對打，亦有大幅刪裁。

C．新版《天龍八部》中，摘星子與阿紫以綠火相鬥的過程，包括摘星子的思緒轉折，以及星宿派門人的諂媚諛詞，新修版多所刪削。

D．新版《天龍八部》中，慕容復與黎夫人、桑土公的交戰，新修版全面刪除。

E．新版《碧血劍》中，崔秋山與圍堵聖峰嶂的官兵們惡鬥的情節，亦被刪削。

F．新版《神鵰俠侶》中，丐幫追索陸無雙而被楊過擊退的情節，一段在客店，一段在花轎，兩段都被刪掉。

G．新修版《神鵰俠侶》刪去忽必烈的謀士和尚子聰斟毒酒給周伯通，周伯通反愈喝愈多，甚至噴出毒酒一節。

4．倘若無關故事主軸，即可能被金庸視為「冗情節」而刪削。如新版《天龍八部》中，薛慕華回溯游坦之攜慧淨和尚前來求診的段落，新修版大幅刪修。此外，「函谷八友」的個人言行新修版也做了局部削減。

十一、作者向讀者解說清楚：

1．新修版有個特色，就是「注釋」明顯比新版來得多。舊版的注釋往往只以括弧寫一兩句金庸注，新版的注釋多了些解說史事的註解，新修版則不僅回末注釋變多，有些注釋還是金庸針對學者或讀者的質疑，所提出的解釋。試舉二例：

A．針對葉洪生曾經提出「三花聚頂、五氣朝元」乃內功入門功夫，梅超風理當必知的說法，金庸在新修版《射鵰英雄傳》第十回回末的注釋中提出說明。文中引用《鍾呂傳道記》呂洞賓求問鍾離權「三花聚頂、五氣朝元」一事，說大法精微奧妙，且易與求仙之術混同，證明梅超風有此一問，並不奇怪。

B．關於小龍女、楊過的師生戀引發某些讀者質疑，金庸在新修版《神鵰俠侶》第十四回回末，洋洋灑灑寫下一大篇注釋，告訴讀者古今中外某些婚姻制度的不合理，又舉錢穆、梁實秋等今人師生戀遭社會非議之事，供讀者做小說與現實的參差對照。

2．金庸不僅於注釋中向讀者說明清楚，偶爾還會神來一筆，在小說中穿插一段情節，借著虛構人物之口，為自己提出辯駁。

比如早在舊版時代，化名佟碩之的梁羽生曾經寫過一篇〈金庸、梁羽生合論〉，文中質疑金庸在《射鵰英雄傳》中讓黃蓉唱〈山坡羊〉，是「宋代才女唱元曲」，在歷史背景上亂了套。在新修版《射鵰》中，金庸新創了一位雲南楊老者，楊老者說他的先人自唐朝天寶年間移居南詔，〈山坡羊〉的曲子即由祖先所傳下。可知〈山坡羊〉在唐代即已廣傳民間，宋代的黃蓉吟唱此曲，並不悖理。

◎附錄四：新版改為新修版時，名字有所更動的人物、武功及門派。

表一：

書名	新版名	新修版名	推測原因
碧血劍	石梁派	棋仙派	
射鵰英雄傳	武眠風	武罡風	同時釐清黃藥師弟子之排序為：曲靈風、陳玄風、梅超風、陸乘風、武罡風、馮默風。
	落英神劍掌	桃華落英掌	
	三花蓋頂掌法	履霜破冰掌法	
	九陰神抓	摧堅神抓	
	四丈長鞭	白蟒鞭	
	大手印	五指秘刀	避免汙名化密宗。
神鵰俠侶	馬光佐	麻光佐	歷史上真有馬光佐其人。
	尹志平	尹志平、甄志丙	一角化為二人，還尹志平清名。
	金輪法王	金輪國師	避免汙名化密宗。
	呂文德	呂文煥	金庸注曰：呂文德其時已升為樞密副使，由其弟呂文煥接守襄陽。
	史孟捷（八手仙猴）	史少捷（八手仙猿）	依「孟仲叔季」排序，「孟」為老大，但史孟捷是五兄弟中的老么，故改為史少捷。
	藏邊五醜	川邊五醜	自清無藐視藏人之心。

表二：

書名	新版名	新修版名	推測原因
倚天屠龍記	白垣（華山派）	白遠	
	蔣濤（崑崙派）	蔣立濤	
	邵燕（西涼三劍）	邵雁	
連城訣	西藏血刀門	青海黑教血刀門	避免汙名化藏傳佛教。
天龍八部	石清露（函谷八友）	石清風	與西夏公主李清露同名。
	無	李清露	西夏公主角色分量加重，宜有全名。
	無	曉蕾	西夏公主的貼身宮女，此女日後嫁給段譽，地位重要，宜有全名。
	降龍十八掌	降龍廿八掌	在北宋蕭峰以前使用。
	八荒六合唯我獨尊功	天長地久不老長春功	強調逍遙派的長春之術。
俠客行	八爪金龍（長樂幫前幫主司徒橫的外號）	快馬	

表三：

書名	新版名	新修版名	推測原因
笑傲江湖	萬大平（嵩山派）	萬登平	按嵩山派「登」字輩敘輩。
	鄧八公（嵩山派）	滕八公	
	湯英顎（嵩山派）	湯英鶚	
	魯連榮（衡山派）	魯正榮	按衡山派「正」字輩敘輩。
	無	諸草仙（百藥門掌門）	
	無	左挺（左冷禪之子，外號「天外寒松」）	註：舊版名為左飛英。
	成高道人（武當派）	玄高道人	

不同的版本怎麼讀？

筆者認為，目前多數讀者讀過的金庸小說，應該都是新版，對於新修版的增修內容，難免有部分習慣於新版的讀者拒絕接受。但以筆者的閱讀經驗而言，如果從舊版、新版到新修版一路讀來，心中那份感覺，就彷彿喬峰看著喬三槐雕刻小老虎時，「眼看小老虎的耳朵出來了，鼻子出來了，心裡真高興。」在數十年的時光裡，金庸兩度改版，細細雕琢他的「小老虎」，書中人物終於在一次又一次更深入的描繪下成型。欣賞金庸修訂改版的過程，確實有趣。當然，角色與情節的最後定板，倘若不符合讀者讀前一版時的臆想，讀者難免會因失落感而在心理上難以接受。但無論如何，金庸總是按照自己的想法，將作品完整地修潤出來了。

反過來說，若先讀新修版，再往前追溯讀新版甚至舊版，大概會覺得舊版與新版只是「藍本」，也就是說，人物與情節上不如新修版這般展開的舊版與新版，就好像是未完成的初稿與二稿。

每一種版本的金庸小說各有其妙趣，而若真想要探究金庸的創作過程，閱讀同一部小說的不同版本，最能探尋金庸在創作上的思維、筆法及心路歷程。

版本比較樂趣無窮

金庸將其武俠小說進行兩次大改版，正因如此，閱讀金庸小說，較之閱讀其他小說，多了份版本比較的樂趣，尤其是揣摩金庸在原創意與新創意更動之間的心思，更是學習文學創作的另一種法門。

然而，即使有三種差異甚多的版本，金庸小說的版本研究卻尚未劃定疆界。在新修版《神鵰俠侶》後記中，金庸提到第三版（即新修版）修改達七次之多，其中還有一大段突發奇想，用以敘述《九陽真經》來歷的文字，因為陳墨覺得「蛇足」，金庸接受陳墨的建議刪去了。此外，新修版《天龍八部》後記中，金庸亦提到第三版的改寫「前後共歷三年，改動了六次。」

要知道金庸修改時，都是手寫文字稿，而非電腦打字，也就是說，在新修版成為「定本」之前，那些六次、七次的改稿都仍保存著，可能在出版社或金庸自己手上。如果將來有一天能開放金庸手稿，供讀者或學者閱讀研究，那麼金書的版本將遠不止三種，至少還要再加上五、六種以上。

倘若真有那麼一日，金庸小說的版本研究，將更加多變而趣味。